पेंगुइन स्व

सम्पूर्ण वास्तु शास्त्र

राकेश चावला पिछले 25 सालों से वास्तुशास्त्र विशेषज्ञ के रूप में अपनी सेवाएं दे रहे हैं। राकेश चावला कहते हैं कि वास्तु शास्त्र घर, प्रासाद, भवन अथवा मन्दिर निर्माण करने का प्राचीन भारतीय विज्ञान है, जिसे आधुनिक समय के विज्ञान आर्किटेक्चर का प्राचीन स्वरूप माना जा सकता है। राकेश चावला ने देश-विदेश की अनेक प्रतिष्ठित कंपनियों को वास्तुकला से संबद्ध सेवाएं दी हैं। वास्तुकला के अपने कई दशकों के गहन अनुसंधान एवं अनुभवों के आधार पर राकेश चावला ने कई उत्कृष्ट पुस्तकों की रचना भी की है। उन्हें अनेक पुरस्कार मिल चुके हैं।

सम्पूर्ण वास्तु शास्त्र

राकेश चावला

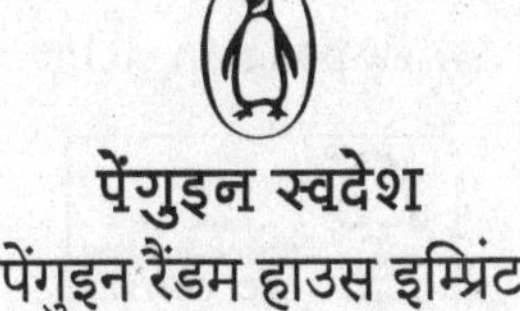

पेंगुइन स्वदेश
पेंगुइन रैंडम हाउस इम्प्रिंट

पेंगुइन स्वदेश

यूएसए। कनाडा। यूके। आयरलैंड। ऑस्ट्रेलिया। सिंगापुर
न्यू ज़ीलैंड। भारत। दक्षिण अफ्रीका। चीन

पेंगुइन स्वदेश, पेंगुइन रैंडम हाउस ग्रुप ऑफ़ कम्पनीज़ का हिस्सा है,
जिसका पता global.penguinrandomhouse.com पर मिलेगा

पेंगुइन रैंडम हाउस इंडिया प्रा. लि.,
चौथी मंजिल, कैपिटल टावर-1, एम जी रोड,
गुड़गांव 122 002, हरियाणा, भारत

पेंगुइन
रैंडम हाउस
इंडिया

प्रथम हिन्दी संस्करण हिन्द पॉकेट बुक्स द्वारा 2000 में प्रकाशित
प्रथम हिन्दी संस्करण हिन्द पॉकेट बुक्स में पेंगुइन रैंडम हाउस द्वारा 2022 में प्रकाशित
यह संस्करण पेंगुइन स्वदेश में पेंगुइन रैंडम हाउस द्वारा 2023 में प्रकाशित

10 9 8 7 6 5 4 3 2

ISBN 9789353493417

मुद्रक : रेप्रो इंडिया लिमिटेड

www.penguin.co.in

विषय-क्रम

अथ शुभम्

वास्तु-शास्त्र एक विशाल एवं प्राचीन विज्ञान है। यह वेदों से गृहीत जीवन-विज्ञान है। संस्कृत की 'वस्' धातु से बना होने के कारण 'वास्तु' शब्द का अर्थ 'जीवन जीना' या 'निवास करना' है। इसका 'वास्तव' और 'वासना' शब्दों से भी निकट संबंध है। इस प्रकार 'वास्तु-शास्त्र' हमें न केवल 'वास्तु कला' का बोध कराता है, वरन् इससे भी कहीं अधिक अभिप्रेत कराता है। वास्तु-शास्त्र हमें 'आकांक्षाओं' और 'वास्तविकताओं' के अनुरूप जीवन यापन करने के संदर्भ में भी दिशा दिखाता है। इसी जीवन-शिक्षा के विषय में अपने पाठकों को कुछ बताने का विनम्र प्रयास इस पुस्तक द्वारा गया है।

इस पुस्तक में वास्तु-शास्त्र की मूलभूत अवधारणाओं को निर्दिष्ट किया गया है। विगत आठ वर्षो से लेखक वास्तु-शास्त्र के परिष्करण एवं पुनराख्यान की प्रक्रिया में निरत रहा है। इस साधना के परिणामों को वास्तु-शास्त्रीय विज्ञान की इस पुस्तक में सरल-सहज बनाकर पाठकों के समक्ष प्रस्तुत किया गया है, जिससे वे इसे भलीभांति समझ सकें और प्रयोग में ला सकें। यह करते समय लेखक द्वारा वास्तु-शास्त्र की आधारभूत अवधारणाओं पर भी प्रकाश डालने की पूर्ण सावधानी बरती गयी है।

1970 में, श्री रामशरणम्, नयी दिल्ली के स्वर्गीय महाराज जी श्री प्रेम सेठी ने राकेश चावला को अध्यात्म की दिशा में उन्मुख किया था। बाद के वर्षों में उनका झुकाव रीकी की दैवीय स्पर्श-चिकित्सा की ओर हुआ और वे प्राणिक स्पर्श वेत्ताओं के संपर्क में आये। आज वह स्वयं ही रीकी स्पर्श-चिकित्सा करने लगे हैं। उन्होंने सिल्वा चित्त-निरोध पद्धति में भी प्रवीणता प्राप्त की। उन्होंने ऐसे ऊर्जा चक्र का अन्वेषण किया है, जिससे सकारात्मक अनुकंपन की वृद्धि में सहायता मिलती है। यह वास्तु विद्या, फैंगशुई और पिरामिड-विद्या का संश्लिष्ट रूप है। वर्तमान में लेखक निर्मित भवनों के आकारों एवं प्रकारों और उनके मानव-जीवन पर पड़ने वाले प्रभावों की गवेषणा में संलग्न है। इस गवेषणा के निष्कर्षों को आगामी पुस्तक में प्रस्तुत किया जाएगा।

वास्तु-शास्त्र की विषय-वस्तु के अवगाहन काल में प्रस्तुत पुस्तक लेखन की प्रेरणा देने के लिए लेखक पूनम और शेखर मलहोत्रा का आभारी है। लेखक इस पुस्तक के पाठकों को भी अपनी शुभकामनाएं देता है और उनसे अनुरोध करता है कि वे इस पुस्तक को नवीन ज्ञानार्जन करने हेतु इस विज्ञान को आस्थावान होकर पढ़ें, जिसपर वास्तु-शास्त्र आधारित है। इस भावना के साथ इस पुस्तक का अध्ययन करने पर ही पाठकों को इस के स्वाध्याय का अधिकतम लाभ प्राप्त हो सकेगा।

वास्तु-शास्त्र विषयक परामर्श प्राप्त करने, अपनी शंकाओं का समाधान पाने, कोई स्पष्टीकरण चाहने और अपने अमूल्य सुझाव देने के लिए लेखक से नीचे लिखे पते पर संपर्क किया जा सकता है :

वास्तु कला

एच-91, कनाट सर्कस

नयी दिल्ली-110 001

फ़ोन : 332 0972, 332 0947, फैक्स : 373 148 7

वास्तु-शास्त्र के मूलभूत सिद्धांत

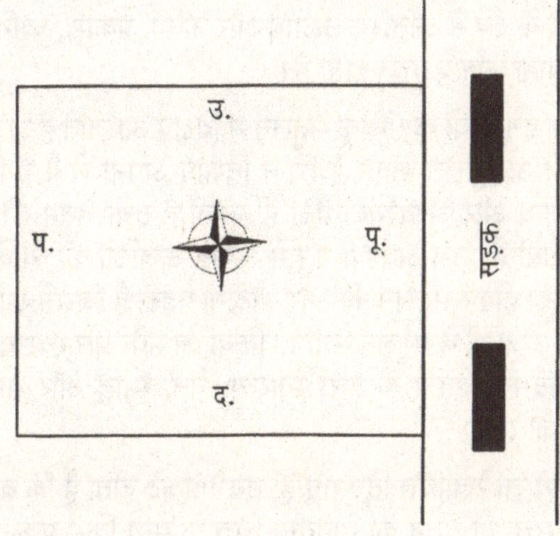

वास्तु-शास्त्र के कार्यकारी सिद्धांत क्या हैं ?

हमारी सृष्टि का निर्माण पांच मूल तत्त्वों : अग्नि, वायु, आकाश, पृथ्वी और जल से हुआ है। इन तत्त्वों से हमारे शरीर की प्रोटीनों, कार्बोहाइड्रेटों, वसा आदि के रूप में आंतरिक ऊर्जाएं और ऊष्मा, प्रकाश, ध्वनि, वायु आदि से बाह्य ऊर्जाएं प्राप्त होती हैं।

जब इन तत्त्वों के सम्यक् संतुलन में विक्षेप आ जाते हैं तो हमारी ऊर्जाएं भी असंतुलित होकर विभिन्न दिशाएं अपना लेती हैं जिससे दबाव, तनाव और अस्वस्थता पैदा हो जाती है तथा चेतन कीं शांति भंग हो जाती है। उस अवस्था में हमें अपनी ऊर्जाओं को व्यक्तिनिष्ठ एवं वस्तुनिष्ठ होकर संतुलन की ओर लौटाना पड़ता है जिससे आंतरिक और बाह्य ऊर्जाओं में संतुलन स्थापित किया जा सके और स्वस्थ्य शरीर और आनंदमयी चेतना के द्वारा स्वास्थ्य, धन, स्मृद्धि और सफलता प्राप्त की जा सके।

आगे जो रेखाचित्र दिए गए हैं, उनसे प्रकट होता है कि ब्रह्माण्ड की परम-सत्ता या चेतन का मानवीय चित्त के साथ किस प्रकार अंतः संपर्क होता है।

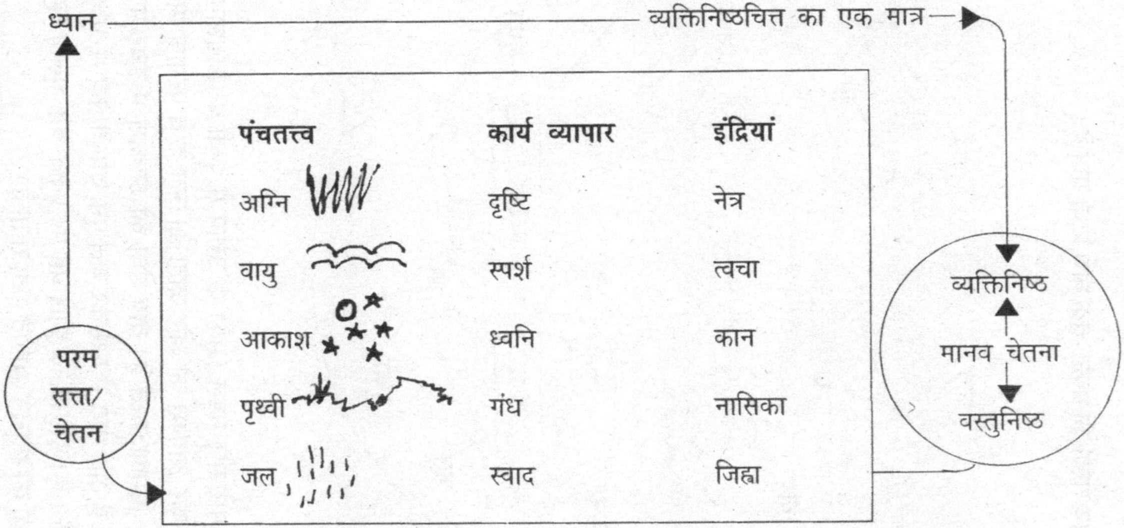

परम सत्ता/ चेतन

ध्यान

व्यक्तिनिष्ठचित्त का एक मात्र

पंचतत्त्व	कार्य व्यापार	इंद्रियां
अग्नि	दृष्टि	नेत्र
वायु	स्पर्श	त्वचा
आकाश	ध्वनि	कान
पृथ्वी	गंध	नासिका
जल	स्वाद	जिह्वा

व्यक्तिनिष्ठ

मानव चेतना

वस्तुनिष्ठ

पंच तत्त्वों का प्रकृत-चक्र नीचे दिया गया हैं :

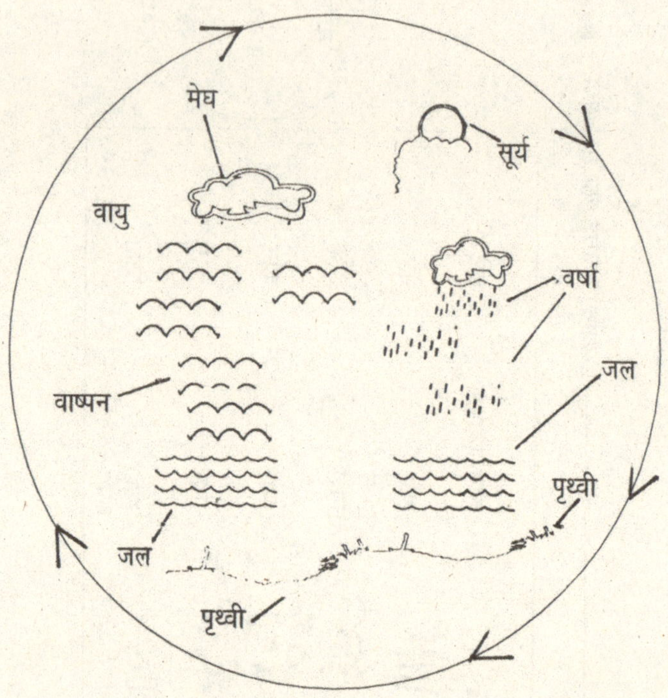

हमारे सौर-मंडल (सूर्य) के उत्ताप से पृथ्वी पर विद्यमान जल भाप बनकर आकाश की ओर जाता है। जल के वे परमाणु मिलकर मेघों का निर्माण करते हैं। वायु मेघों को आकाश में इधर से उधर पहुंचाती है और मेघों से बरसकर जल पुनः वर्षा के रूप में, पृथ्वी पर लौट आता है। इस प्रकार हमारे ग्रह पर प्रकृत-चक्र चलता रहता है और तत्त्वों का संतुलन स्थापित होता रहता है।

उक्त प्रकृत-चक्र की अनुभूति के लिए चित्त की आवश्यकता होती है और चित्त की विद्यमानता के लिए जीवन आवश्यक होता है। इस प्रकार पंचतत्त्व + चित्त + प्राण हमारे अस्तित्व के कारक बन जाते हैं।

जब प्राण-शक्ति हमारे इस प्रकृत-चक्र से बहिर्गमन करती है तो वह ब्रह्मांडीय चेतन अथवा ब्रह्म में विलीन हो जाती है। उस अवस्था में आप प्रकृत-चक्र के अंग न होकर स्वयं ही उसके कारक बन जाते हैं।

प्राण शक्ति या जीवात्मा का ब्रह्म में विलय निस्पृहता/ध्यान साधना से संभव होता है और सरल भाषा में कहें तो, आप तत्त्वातीत हो जाते हैं अर्थात् आप तत्त्वों से ऊपर उठ जाते हैं।

उपरोक्त ऊर्जा-चक्र ऊर्जाओं का विकिरण है जो किसी-न-किसी तत्त्व-विशेष से संबद्ध होता है जैसे :-

ऊर्जा का स्वरूप	**तत्त्व**
सौर	अग्नि
वायु	समीर
वर्षा	जल
गुरुत्वाकर्षण/ चुंबकीय शक्ति	पृथ्वी
ध्वनि	आकाश

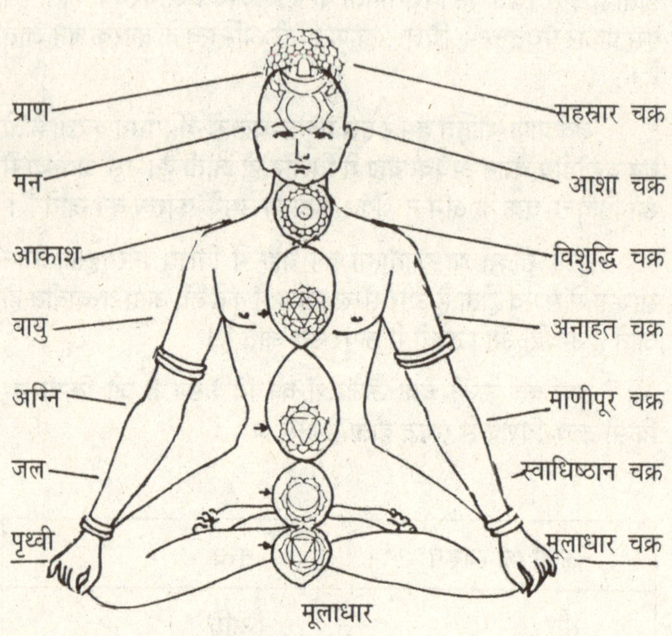
प्राण
मन
आकाश
वायु
अग्नि
जल
पृथ्वी
सहस्रार चक्र
आज्ञा चक्र
विशुद्धि चक्र
अनाहत चक्र
माणीपूर चक्र
स्वाधिष्ठान चक्र
मूलाधार चक्र
मूलाधार

चार प्रमुख दिशाओं के संदर्भ में प्रकृत तत्त्वों की स्थिति इस प्रकार होती है :

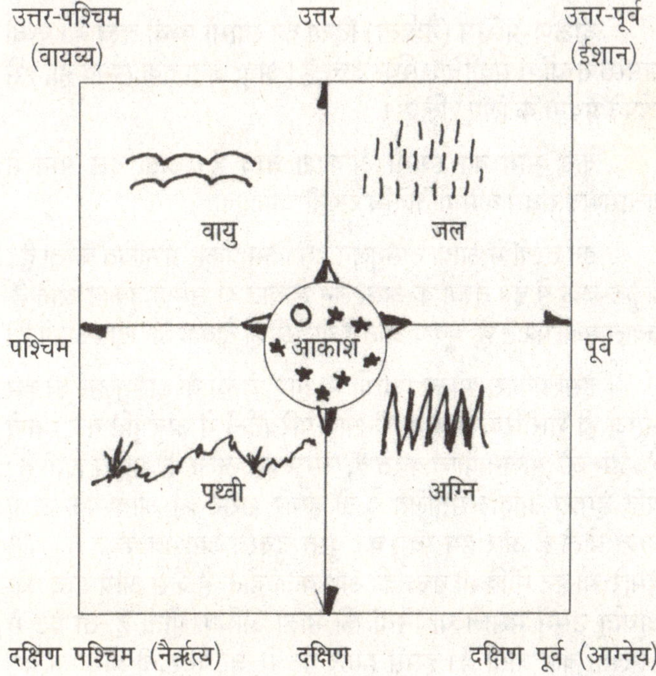

शुभ परिणाम प्राप्त करने के लिए अपने आवास या कार्यालय की गतिविधियों को तत्त्वों की ब्रह्मांडीय स्थिति का अनुपूरक होना चाहिए।

उत्तर-पूर्व (ईशान) दिशा का स्वामी तत्त्व जल है। अतः कुआं, नलकूप या पानी की टंकी इस दिशा कोण में होनी चाहिए।

दक्षिण-पूर्व (आग्नेय) दिशा का स्वामी तत्त्व अग्नि है। अतः अपनी रसोई, पैंट्री भट्ठी या बॉयलर इस दिशा कोण में रखनी चाहिए।

उत्तर-पश्चिम (वायव्य) दिशा का स्वामी तत्त्व वायु है। अतः घर का अतिथि कक्ष या तैयार माल का भंडार कक्ष इस दिशा कोण में रखना चाहिए।

दक्षिण-पश्चिम (नैर्ऋत्य) दिशा का स्वामी पृथ्वी तत्त्व है। पृथ्वी समस्त तत्त्वों में सर्वाधिक स्थिर तत्त्व है। अतः जहां तक संभव हो, इसे अपने प्रयोग के लिए रखिए ।

केंद्र भाग का स्वामी आकाश तत्त्व है। अतः इस भाग में यथासंभव सबसे कम गतिविधि रखनी चाहिए।

इन तत्त्वों में आया असंतुलन हमें किस प्रकार प्रभावित करता है? प्रकृत-चक्र में इन तत्त्वों के असंतुलन से बाढ़ या समुद्री तूफान आते हैं, ज्वालामुखी फटते हैं, भूकंप आते हैं या ऐसी ही दैविक आपदाएं आती हैं।

इसी प्रकार, भोज्य पदार्थों में आए, तत्त्वों के असंतुलन को हम सहज ही शारीरिक अवस्था में आए परिवर्तनों में अनुभूति कर सकते हैं। हम जो भोजन प्राप्त करते हैं, उससे हमें ऊर्जा की प्राप्ति होती है। यदि हमारा आहार संतुलित है तो हमारे शरीर को आवश्यक ऊर्जा प्राप्त होती है और हम स्वयं को चुस्त-दुरुस्त अनुभव करते हैं। यदि हमारे भोजन में किसी तत्त्व की अधिकता होती है जैसे अग्नि तत्त्व की; अर्थात् उसमें मसाले या मिर्ची की मात्रा अधिक होती है, तो पेट में अम्लता बढ़ जाती है। इससे हमारे पेट में जो परेशानी होगी तो हमें अम्लता निवारक औषधि लेनी होगी और अपने आहार में परिवर्तन करना होगा।

इसी भांति हमारे शरीर के बाहर, हमारे बाह्य क्षेत्र या पर्यावरण में इसी भांति हमारे शरीर के बाहर, हमारे बाह्य क्षेत्र या पर्यावरण में यदि इन तत्त्वों में असंतुलन आएगा तो भी हमें असुविधा होगी जिसे हम शारीरिक रूप से तो नहीं, मानसिक रूप से अनुभव करेंगे क्योंकि बाह्य असंतुलन से हमारे शरीर के ऊर्जा केंद्रों (चक्रों) में गड़बड़ी आ जाती है।

जब हम वस्तुनिष्ठ होकर संतुलन लाने/समस्वरता प्राप्त करने का प्रयास करें तो उसके साथ-साथ व्यक्तिनिष्ठ प्रयास भी ध्यान-साधना के रूप में करने चाहिए। इससे ऊर्जा-प्रवाह की प्रक्रिया तीव्र होने में सहायता मिलती है और प्रयासों के प्रभाव तथा परिणाम शीघ्रतर प्राप्त हो पाते हैं। अर्थात् क्षैतिज धुरी और अक्षीय धुरी के प्रयासों के जो परिणाम सामने आयेंगे, उन्हें हम अनुभव कर सकेंगे।

वास्तु-शास्त्र से हम अपना भाग्य नहीं बदलते। इसके द्वारा हम अपने जीवन में मात्र सुगमता लाने का प्रयास करते हैं। भाग्य का फल-भोग तो सदैव करना होता है। वास्तु-शास्त्र द्वारा बताए गए उपचारात्मक उपायों से व्यक्ति अपनी कठिनाइयों को कुछ कम कर सकता है।

नीचे के रेखांकन से विदित होगा कि वास्तु-शास्त्र हमें किस रूप में प्रभावित करता है :

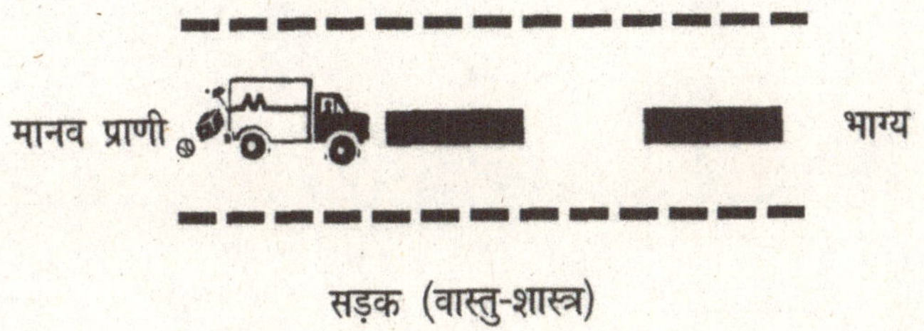

सड़क (वास्तु-शास्त्र)

प्रत्येक व्यक्ति का भाग्य अतीत-काल में किए कर्मों द्वारा पूर्व निर्धारित होता है। भाग्य रूपी उस वाहन के माध्यम से व्यक्ति वर्तमान जीवन में अपनी भाग्य-प्राप्ति की यात्रा कर रहा होता है।

उस वाहन का चालक क्रिया व्यापार है और व्यक्ति के विचार उस वाहन में ईंधन का काम करते हैं।

भाग्य-फल प्राप्ति का मार्ग वास्तु-शास्त्र के माध्यम से समतल किया जा सकता है अन्यथा वह मार्ग ऊबड़-खाबड़ ही रहता है। कुछ लोगों के लिए जीवन का मार्ग वास्तु-शास्त्र का ज्ञान होने या न होने या उसे न अपनाने पर भी सुगमतापूर्ण होता है। किन्तु वास्तु-शास्त्र अपनाना इसलिए ठीक रहता है क्योंकि इससे स्वस्थ एवं आनंदमय जीवन के द्वार खुलते हैं।

भू-खंडों के लिए वास्तु-शास्त्रीय मार्ग निर्देश

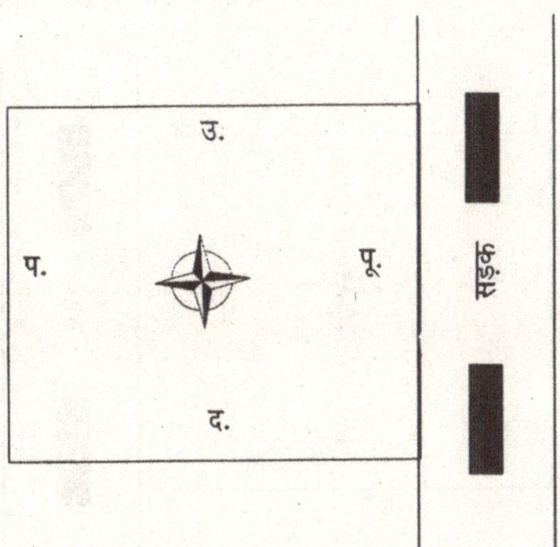

भू-खंड का चुनाव

वास्तु-शास्त्र के सिद्धांतों को ध्यान में रखते हुए भू-खंड (प्लॉट) के चयन विषयक वास्तु-कला की आधारभूत अवधारणाओं पर अब विचार किया जाता है।

उत्तर-पूर्व (ईशान) दिशा की स्थिति विशिष्ट है क्योंकि सूर्य की ऊर्जा पूर्व दिशा से आती और पृथ्वी की चुंबकीय धुरी उत्तर-दक्षिण-दिशाओं के बीच होती है। इस प्रकार उत्तर-पूर्व (ईशान) दिशा सौर तथा चुंबकीय ऊर्जा का मिलन क्षेत्र है।

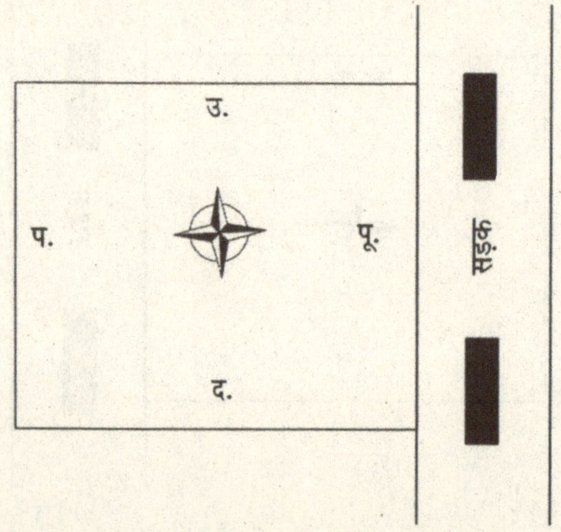

पूर्वाभिमुख भू-खंड सबसे अच्छा समझा जाता है।

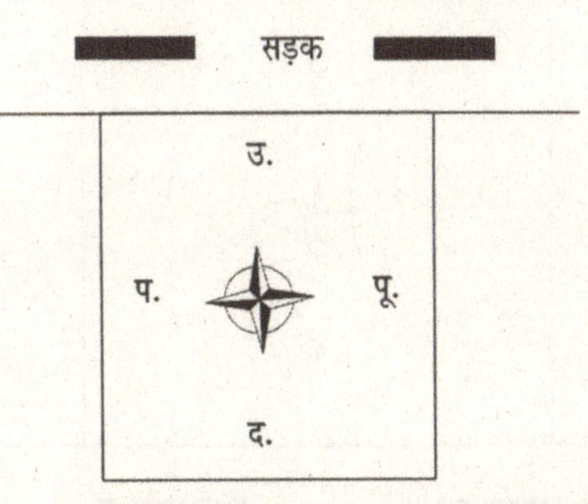

उत्तर-मुखी भू-खंड भी अच्छा होता है।

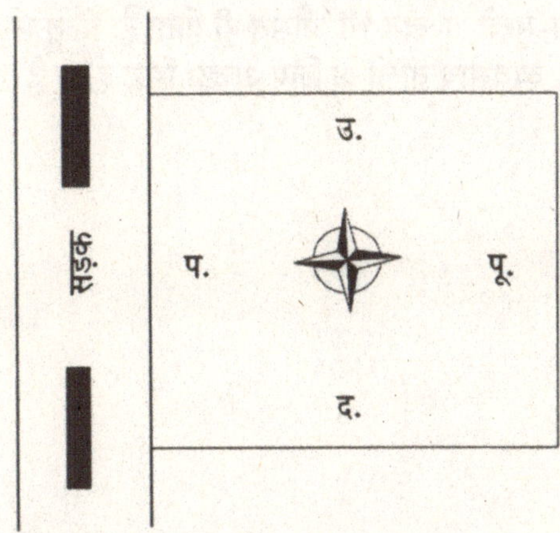

पश्चिम-मुखी भू-खंड औसत श्रेणी का होता है;
किन्तु व्यापारियों के लिए अच्छा रहता है।

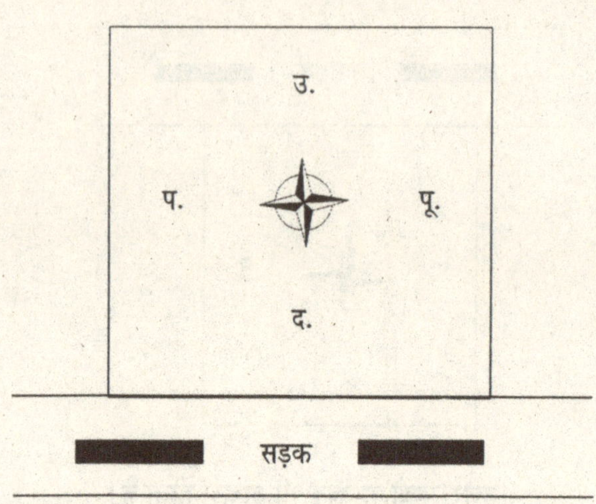

दक्षिण-मुखी भू-खंड भी औसत ही होता है; किंतु मनोरंजन व्यवसाय वालों के लिए अच्छा सिद्ध होता है।

सड़क

सड़क

भू-खंड

सड़क

सड़क

जिस भू-खंड के चारों दिशाओं में सड़क हो
वह सर्वोत्तम होता है।

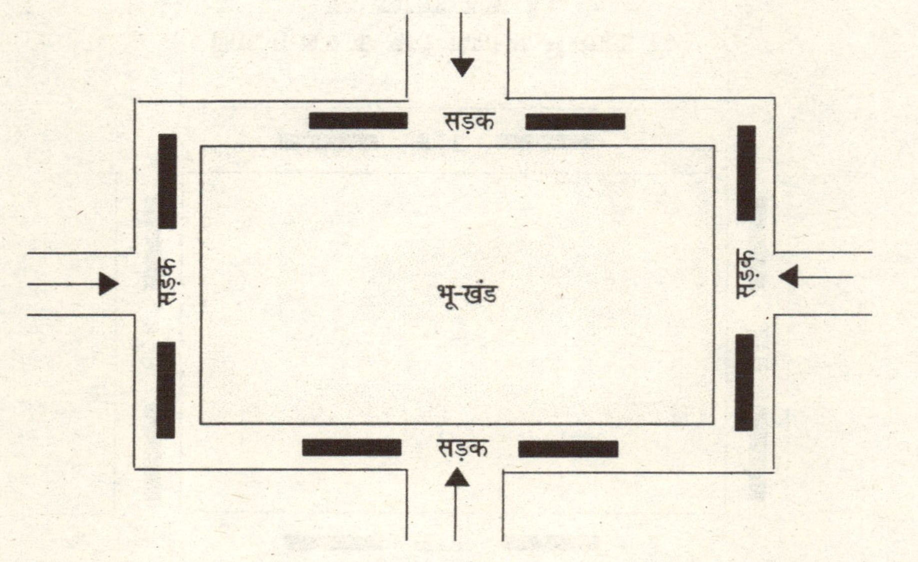

जिस भू-खंड के चारों ओर सड़कें तो हों लेकिन कटने वाली सड़कें हों, वह भू-खंड अच्छा नहीं होता।

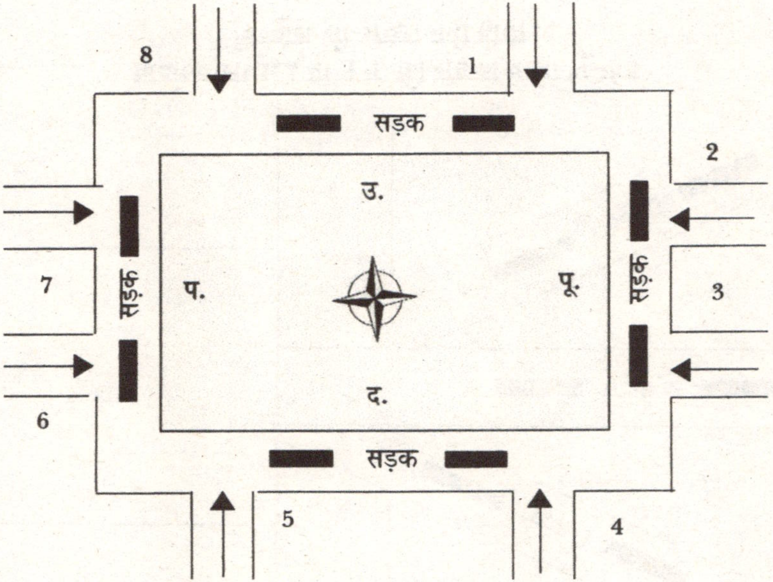

1,2,4, तथा 7 संख्यावाली कटने वाली सड़कें तो अच्छी हैं, किंतु 3,5,6 तथा 8 वाली सड़कें तो अच्छी नहीं।

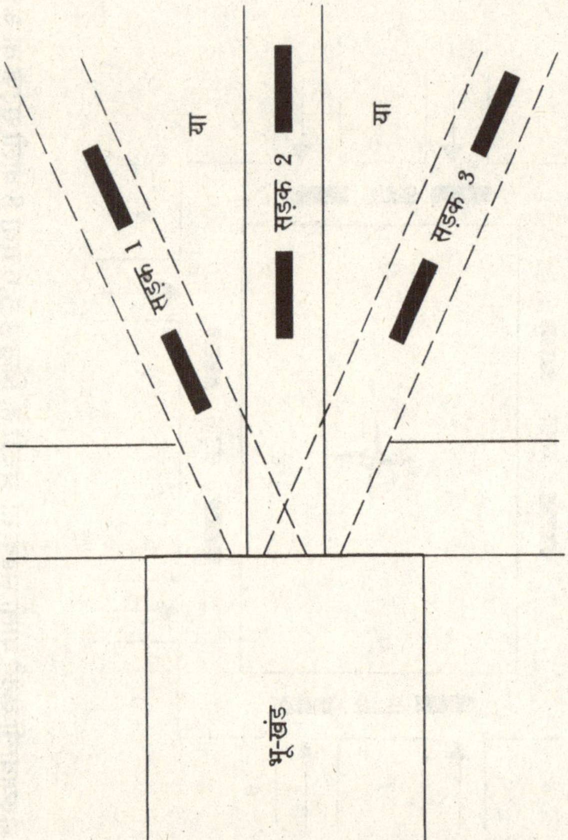

कटने वाली 1,2 या 3 नं. की सड़कों वाला भू-खंड बिल्कुल भी अच्छा नहीं होता।

भू-खंड का आकार

भू-खंड (प्लॉट) वर्गाकार □ या आयताकार ▭ या ऐसा हो जिसकी आमने-सामने की भुजाएं सम हों तो अच्छा है। विषम भुजाओं वाला न हो। विषम आकार वाला भू-खंड आकार की दृष्टि से ही ठीक नहीं रहता वरन् उसको स्वीकार या अस्वीकार करते समय अन्य बातों पर भी विचार किया जाना चाहिए। उन अन्य पक्षों पर बाद में प्रकाश डाला जाएगा।

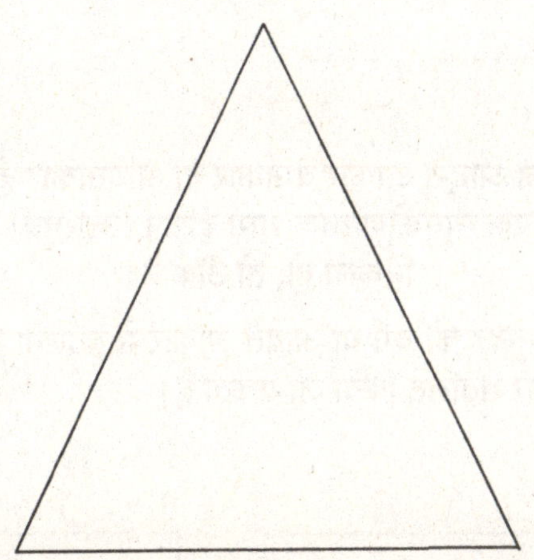

त्रिकोणाकार भू-खंडों का संबंध सामान्यतः नकारात्मक ऊर्जाओं से जुड़ा रहता है। यह ऊर्जाएं विभिन्न समस्याएं उत्पन्न करती हैं; अतः ऐसे भू-खंड लेने से बचना चाहिए।

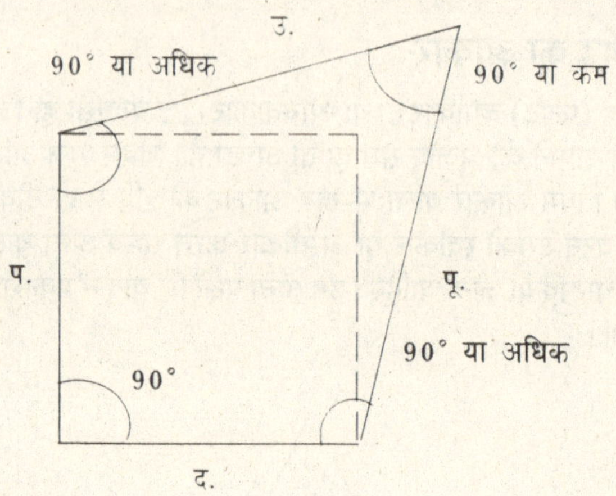

भू-खंड का आदर्श आकार वर्गाकार या आयताकार होता है या जिसका एक न्यूनकोणात्मक भाग ईशान (उत्तरपूर्व) दिशा में निकला हो, तो ठीक है।

यदि भूखंड को वर्ग या आयत आकार में बदलना संभव हो तो उसे इस प्रकार संतुलित किया जा सकता है।

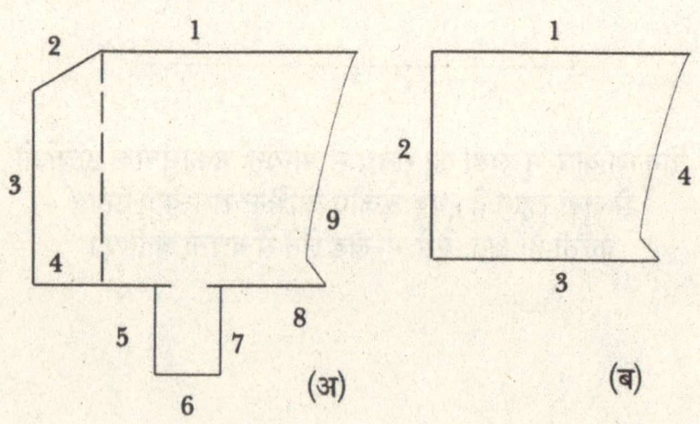

भू-खंड 'अ' में 9 भुजाएं हैं जो विषम आकार का है इसलिए यह उपयुक्त नहीं है। बिंदु रेखा के अनुसार उसके दो भाग करके उसे संतुलित किया जा सकता है और उसका अंतिम आकार रेखांकन आकृति 'ब' के अनुसार किया जा सकता है। भू-खंड को विभाजित करके संतुलित करने का कार्य किसी वास्तु-शिल्पी से परामर्श करके किया जाना चाहिए।

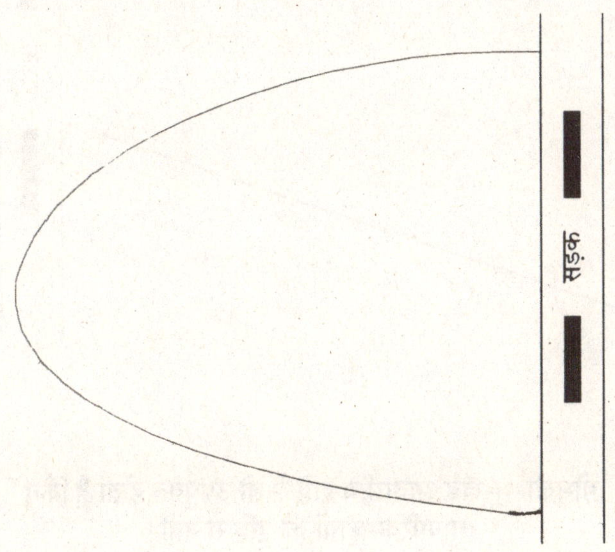

सिंहमुखी-भू-खंड व्यापारिक कार्यों के लिए तो ठीक है किंतु आवासीय दृष्टि से ठीक नहीं होता।

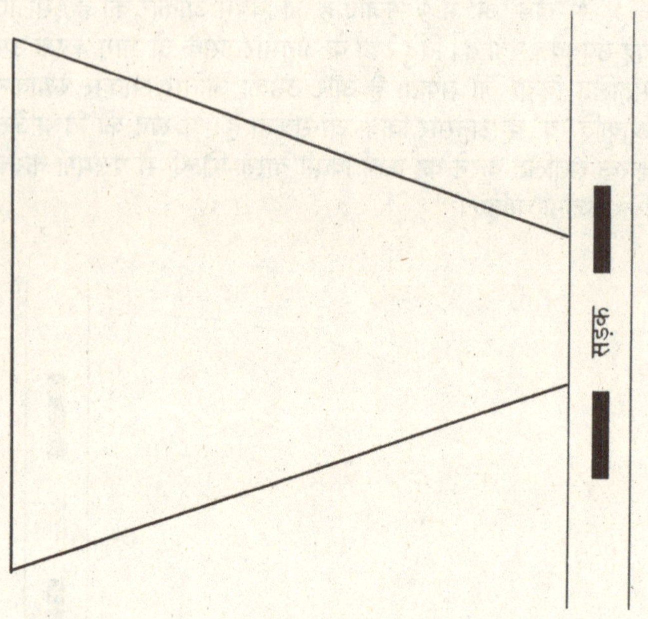

गोमुखी-भू-खंड आवासीय दृष्टि से तो उपयुक्त होता है किंतु व्यापारिक-कार्यों की दृष्टि से नहीं।

मिट्टी

वर्ण व्यवस्था के अनुसार मिट्टी का वर्गीकरण करने की अनुशंसा यहां नहीं की जा रही है। थोड़ी-सी लालिमा लिए पीली मिट्टी अच्छी समझी जाती है। मिट्टी में पृथ्वी तत्त्व के गुणों के अनुसार सौंधी गंध होनी चाहिए।

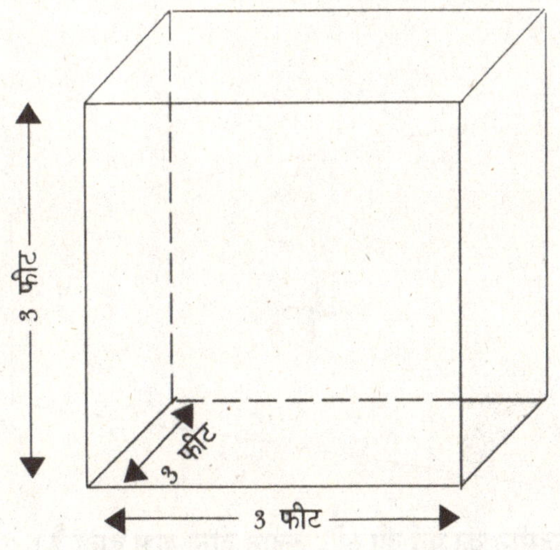

प्राचीन काल में मिट्टी की गुणवत्ता परखने के लिए भू-खंड के बीच तीन घनफीट का गड्ढा खोदा जाता था और बाद में उसे खोदी गई मिट्टी से ही भर दिया जाता, था। मिट्टी भरने पर यदि उसका धरातल समतल हो जाए तो मिट्टी औसत दर्जे की होती है। लेकिन यदि खोदी गई मिट्टी भरने पर खोदे गये भाग पर ढेर-सा बन जाए तो भू-खंड बहुत अच्छा होता है।

यदि खोदी गई मिट्टी भरने पर वह गड्ढा खाली-खाली रह जाए या धरातल दबा हुआ रहे तो इससे स्पष्ट है कि भू-खंड में कुछ नकारात्मक (प्रतिकूल) ऊर्जाएं विद्यमान हैं और ऐसे भू-खंड को न लेना ही अच्छा रहता है।

ढलान

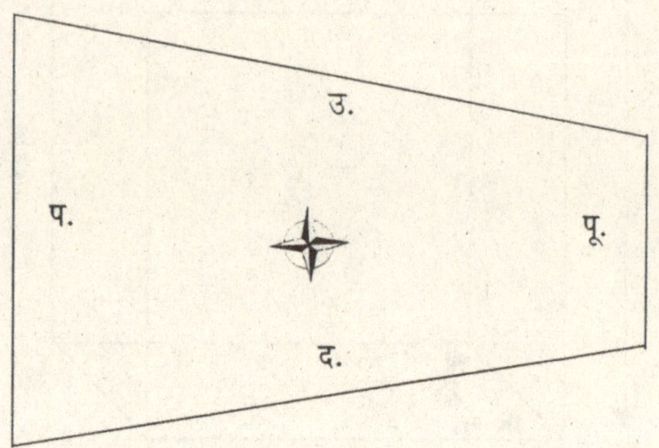

जमीन का पूर्व की ओर ढलान होना शुभ होता है।

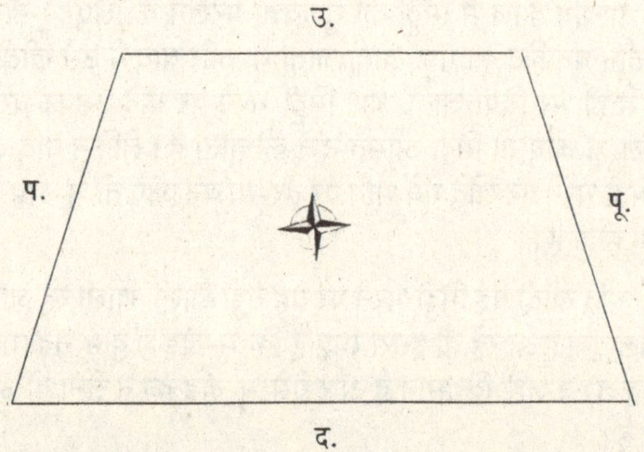

जमीन का उत्तर की ओर ढलान भी बहुत अच्छा होता है।

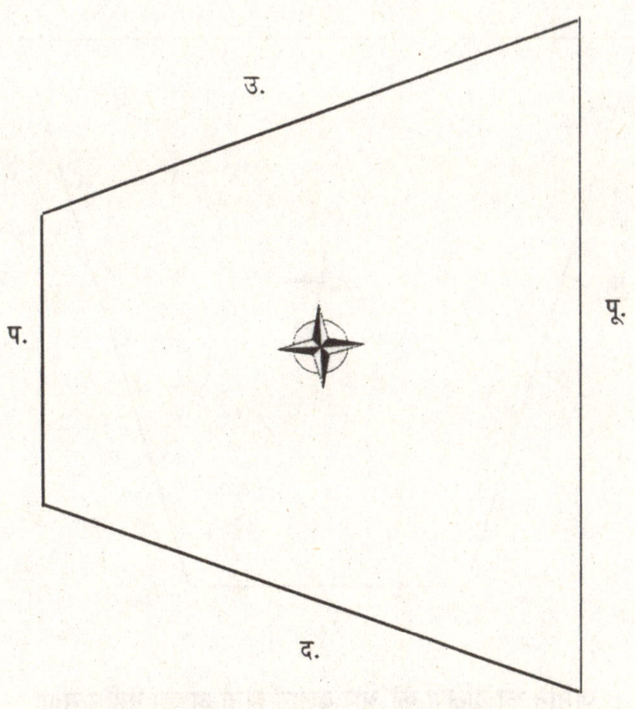

जमीन का पश्चिम की ओर ढलान होना अच्छा नहीं समझा जाता। यदि मिट्टी की गंध सौंधी हो तो मिट्टी को पूर्वी/उत्तरी कोने से खोदकर पश्चिम की ओर डाला जा सकता है जिससे ढलान उत्तर या-पूर्व की ओर हो जाए।

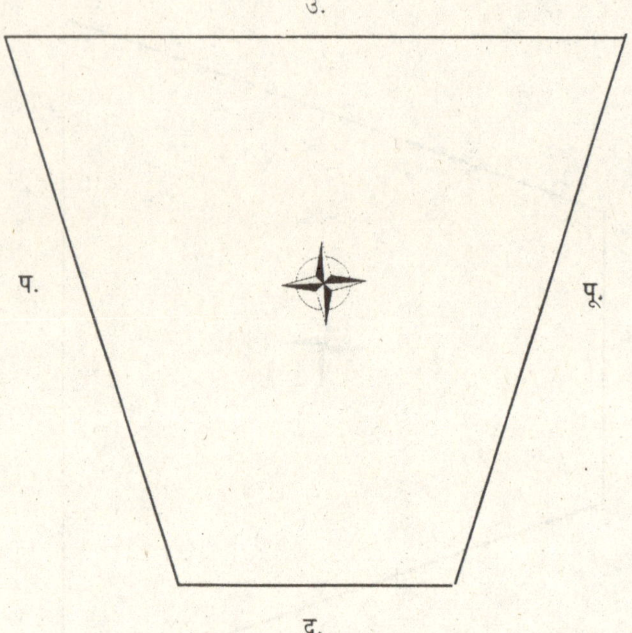

जमीन का दक्षिण की ओर ढलान होना अच्छा नहीं समझा जाता। लेकिन यदि वैसा ही अभ्यास किया जाए, जैसा कि ऊपर किया गया है, तो मिट्टी को पूर्व या उत्तर की ओर वाले ढलान पर ले जा सकते हैं। इस प्रकार अनावश्यक ऊर्जा को बचा सकते हैं।

अगर भू-खंड बीच में ऊंचा या नीचा हो तो उसे शुभ नहीं मानते। मिट्टी तथा पर्यावरण संबंधी अन्य पक्षों को ध्यान में रखकर उस भू-खंड की मिट्टी हटाकर या बीच में मिट्टी डालकर समतल बनाया जा सकता है।

यदि भू-खंड बीच में ऊंचा हो तो उसकी मिट्टी हटाकर दक्षिण-पश्चिमी चार दीवारी के पास जमा कर देनी चाहिए।

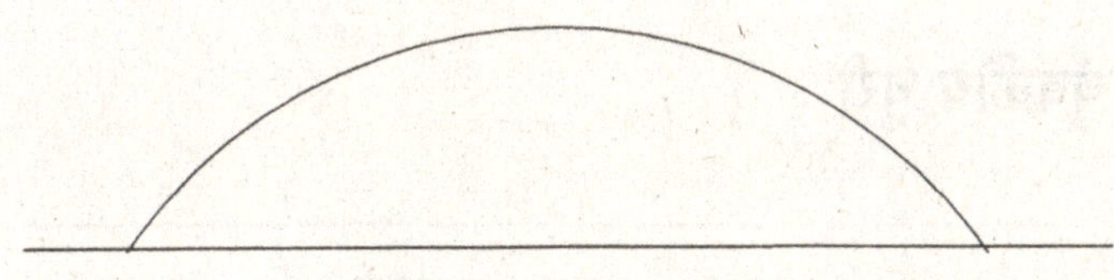

बीच में उठा हुआ भू-खंड

बीच में गड्ढे वाला भू-खंड

इसी प्रकार यदि भू-खंड की जमीन पूर्व या उत्तर की ओर उठी हो तो उस टीले की मिट्टी को खोदकर पश्चिमी या दक्षिणी दीवार के पास जमा कर देनी चाहिए या बाहर डाल देना चाहिए।

यदि भू-खंड दक्षिण या पश्चिम की ओर उठा हुआ हो तो इसे बहुत अच्छा माना जाता है।

चुंबकीय धुरी

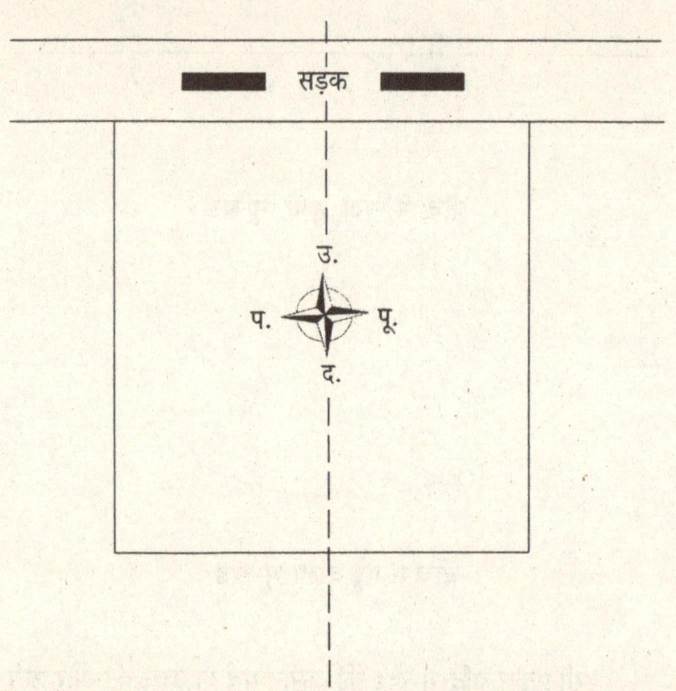

यदि प्लॉट की धुरी चुंबकीय धुरी के समानांतर हो तो वह अच्छा है।

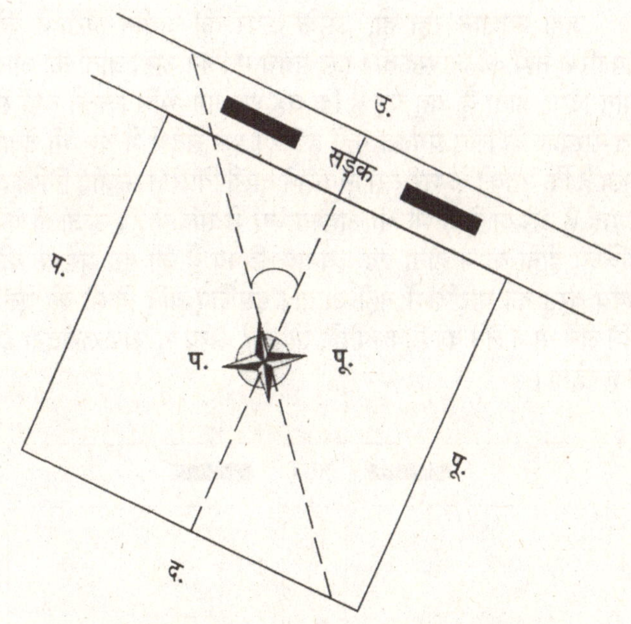

यदि भू-खंड की धुरी चुंबकीय धुरी के एक कोण पर हो, तब भी उसे संतुलित किया जा सकता है। यह संतुलन अन्य पक्षों की अनुकूलता पर निर्भर करेगा जैसे भू-खंड किस दिशा के सामने है और उस भू-खंड के आस पास क्या-क्या विद्यमान है। इस विषय पर बाद में विस्तार से चर्चा की जाएगी।

यह मान्यता है कि भू-खंड के अधिकांश दोष, उस भू-खंड में गाय तथा बछड़ा एक हफ्ते तक बांधने और उनकी सेवा करने से दूर हो सकते हैं।

जहां श्मशान रहा हो, उसके ऊपर की जमीन खरीदने की सिफारिश नहीं की जा सकती। इस संबंध में जिन अन्य बातों की ओर ध्यान दिया जाता है, वह यह है कि वह श्मशान-भूमि कितने वर्षों से शव-संस्कार के लिए प्रयुक्त नहीं हुई है। इस संदर्भ में यह भी देखा जाता है कि मृतकों के शरीर से निकलने वाली विपरीत ऊर्जाएं निष्क्रिय हो गई हैं अथवा वे अभी भी अदृश्य रूप से सक्रिय हैं। ऊर्जाओं का निष्क्रिय होना या न होना एक व्यापक विषय है जो इस पुस्तक की विषय वस्तु की परिधि में नहीं आता। इसलिए यदि किसी को ऐसी भूमि लेने या न लेने का विकल्प हो, तो कोई अन्य भू-खंड खरीदना ही ठीक रहेगा।

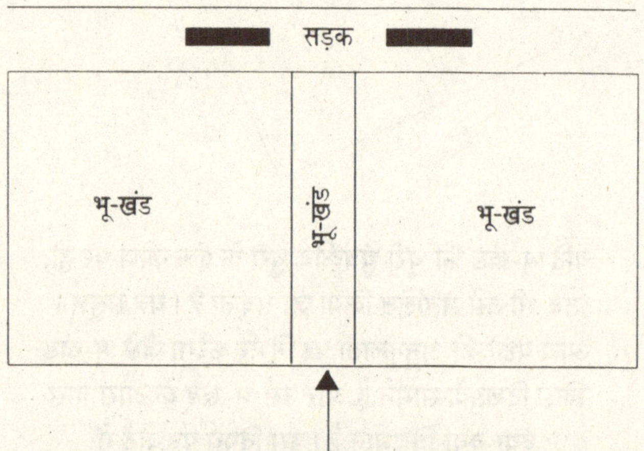

दो बड़े भू-खंडों के बीच में छोटा-सा भू-खंड लेने से बचना चाहिए।

बड़े-बड़े पत्थरों, दीमक के ढेर तथा हड्डियों से युक्त भू-खंड लेने से भी बचना चाहिए।

भू-खंड के विस्तार

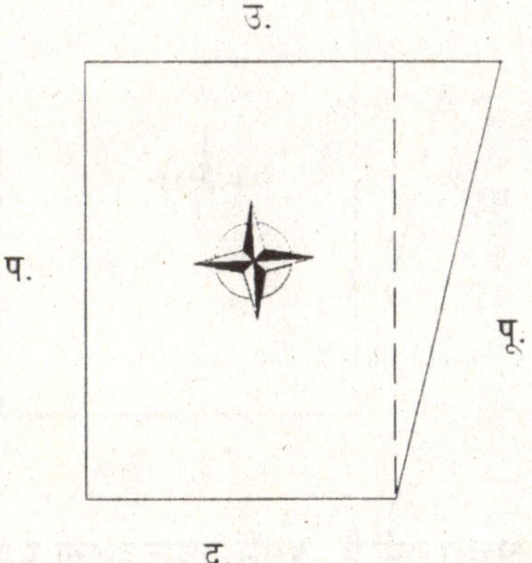

अच्छा है

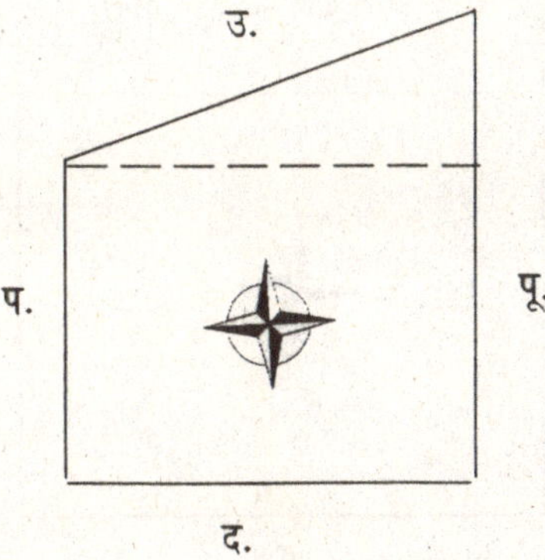

अच्छा है

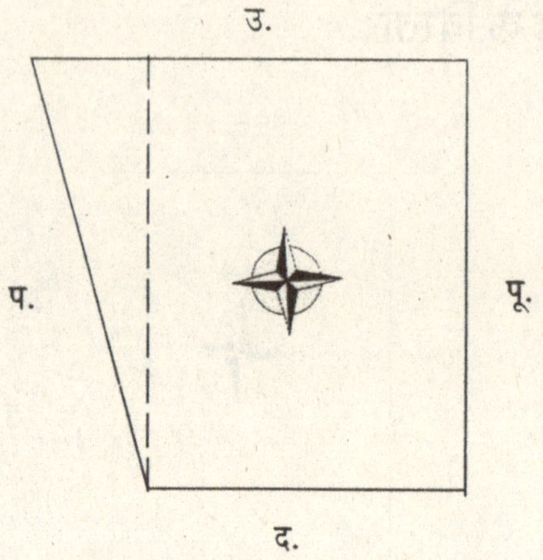

खास अच्छा नहीं है। इसमें सुधार करना चाहिए।

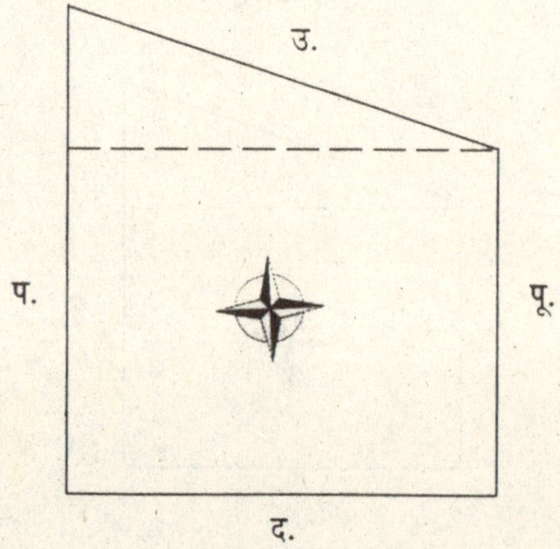

खास अच्छा नहीं। इसमें सुधार करना चाहिए।

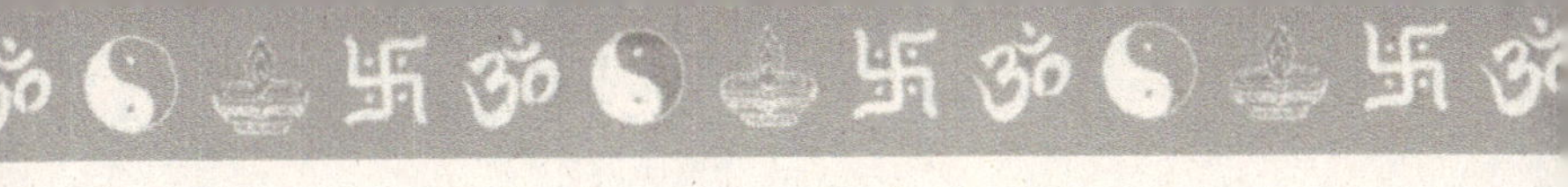

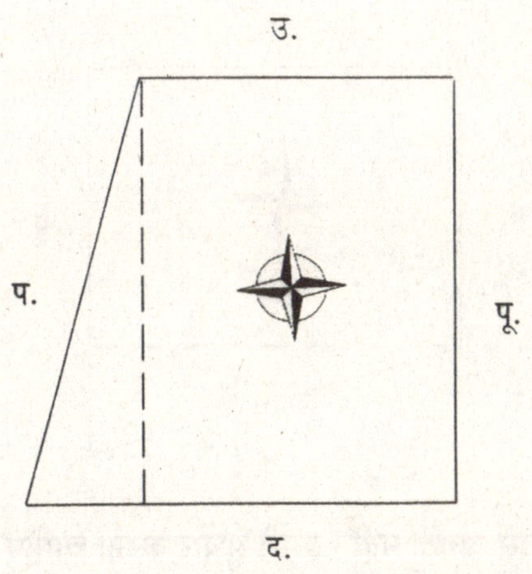

खास अच्छा नहीं। इसमें सुधार करना चाहिए।

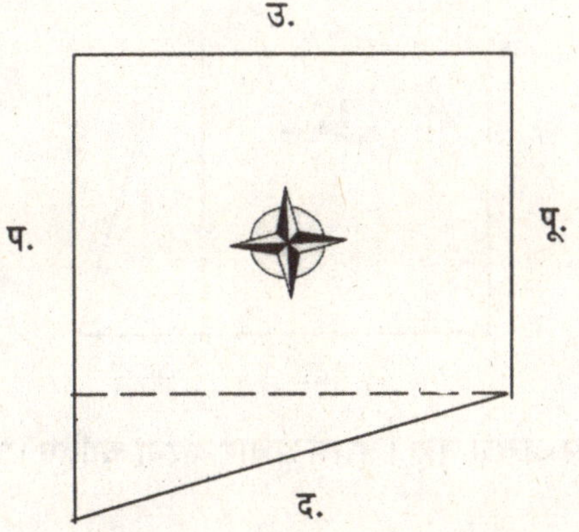

खास अच्छा नहीं। इसमें सुधार करना चाहिए।

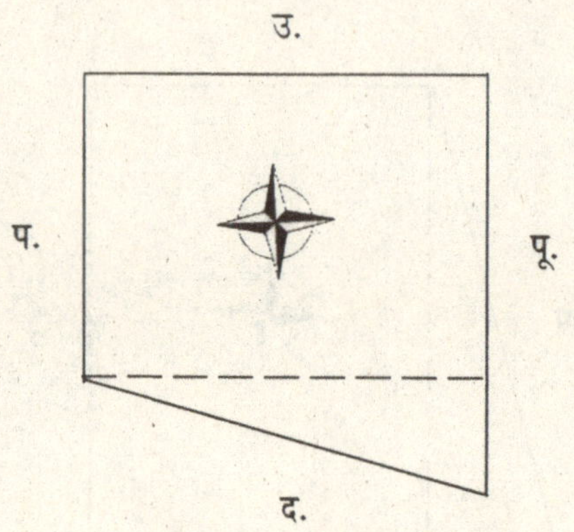

खास अच्छा नहीं। इसमें सुधार करना चाहिए।

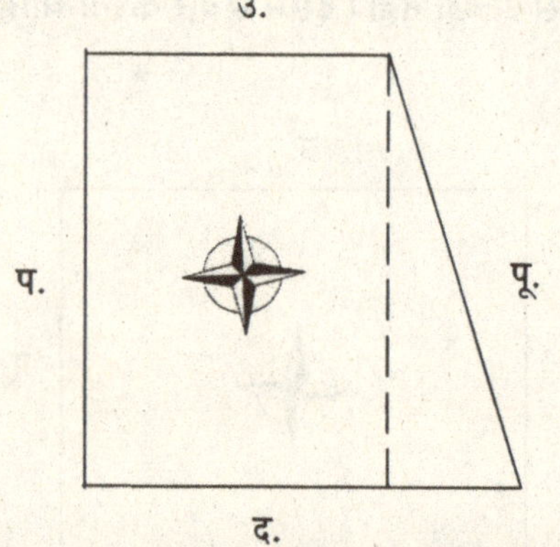

खास अच्छा नहीं। इसमें सुधार करना चाहिए।*

कुछ वास्तु विद् मानते हैं कि ये दो भू-खंड विशिष्ट कार्य के उपयुक्त होते हैं क्योंकि इनकी स्थिति उन्हीं भू-खंड़ों के समान है जो काटने वाली सड़कों (4 तथा 7) पर हैं जिनका उल्लेख पहले किया जा चुका है।

कटे हुए भू-खंड

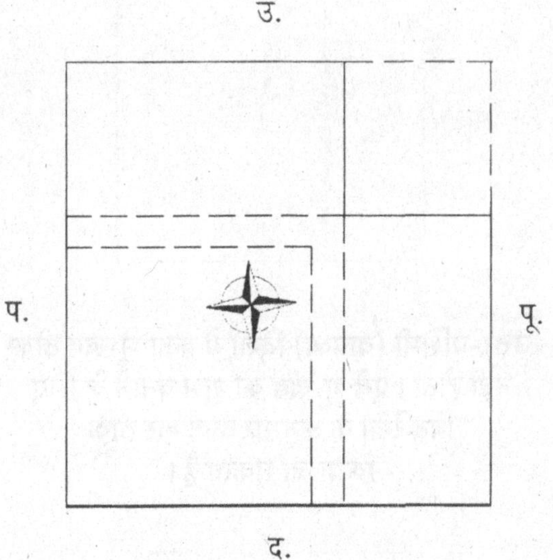

उत्तर-पूर्व (ईशान) दिशा में कटा हुआ भू-खंड शिर-विहीन शरीर के समान है। यदि बिंदु अंकित रेखा के अनुरूप अतिरिक्त स्थान मिल सके तो उसे बिना किसी सोच-सिचार के खरीद लेना चाहिए।

दोहरी बिंदु रेखाओं के अनुरूप भू-खंड को काटने का परामर्श नहीं दिया जाता क्योंकि इस प्रकार पूर्व अथवा उत्तर दिशा का भाग काट देते हैं। इसे शुभ नहीं समझा जा सकता।

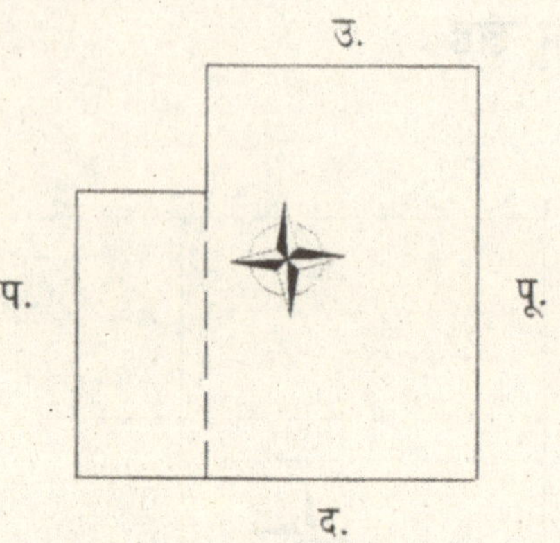

उत्तर-पश्चिमी (वायव्य) दिशा में कटा भू-खंड ठीक नहीं होता। ऐसे भू-खंड को शुभ बनाने के लिए बिंदु रेखा के अनुसार काट कर ठीक किया जा सकता है।

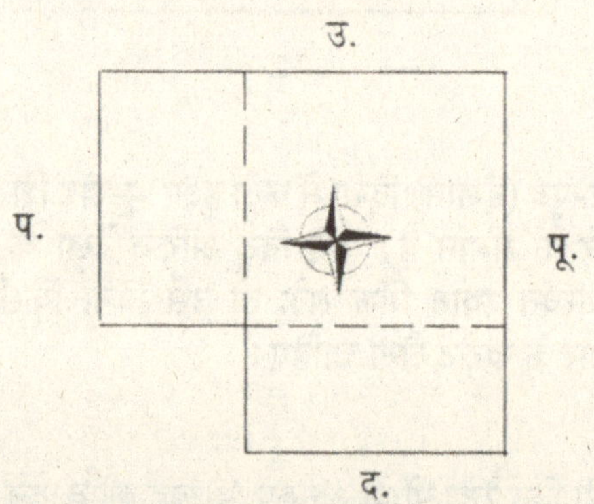

दक्षिण-पश्चिम (नैर्ऋत्य) दिशा में कटा भू-खंड भी अच्छा नहीं होता इसे बिंदु रेखाओं के अनुसार दक्षिण या पश्चिम की ओर से काटकर सुधारा जा सकता है।

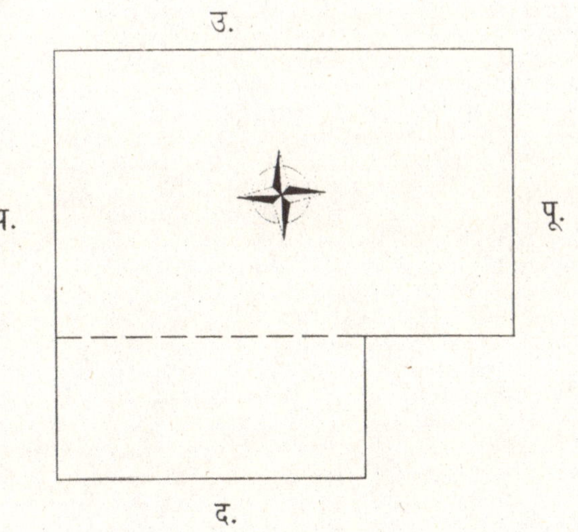

दक्षिण-पूर्व (आग्नेय) दिशा में कटे भू-खंड को बिंदु रेखाओं के अनुरूप बांटकर कमी को दूर किया जा सकता है।

किसी भी भू-खंड के विषय में निर्णय करते समय किसी एक ही पक्ष को सामने नहीं रखना चाहिए। उपरिलिखित सभी पक्षों का सम्मिलित प्रभाव ध्यान में रखकर किसी भू-खंड को लेने या न लेने का निर्णय करना चाहिए।

वास्तु-मूल्यांकन कैसे करें

1. प्लॉट का वास्तु-मूल्यांकन
2. मकान या फ्लैट का वास्तु-मूल्यांकन
3. दूकान या कार्यालय का वास्तु-मूल्यांकन
4. विद्यमान इमारत, ढांचे या संपत्ति का वास्तु-मूल्यांकन ।

महत्त्वपूर्ण सावधानी

मकान, दुकान या कार्यालय की इमारत में परिवर्तन करना एक प्रकार की शल्य-चिकित्सा होती है। यह चिकित्सा तभी की जाती है, जब समस्या बहुत ही कष्टकर या असहनीय हो जाए। शरीर के साधारण कष्ट को दूर करने के लिए कोई शल्य-क्रिया नहीं कराता। इसी प्रकार, हमें सरल उपाय पहले करके देखे बिना मकान में कोई ढांचागत परिवर्तन करने का विचार नहीं करना चाहिए। प्रायः साधारण से परिवर्तन या परिवर्द्धन से ही हर्षप्रद परिणाम प्राप्त हो जाते हैं।

वास्तु-शास्त्र का अनुपालन करते समय रीकी (स्पर्श चिकित्सा) या अन्य प्रकार की ध्यान-साधना अधिक फलदायक सिद्ध हो सकती है क्योंकि इन उपायों से आत्म-चित्त और पदार्थ में समस्वरता लाई जा सकती है।

इस पुस्तक के आगामी पृष्ठों पर विभिन्न प्रकार की संपत्तियों के संदर्भ में चार अलग-अलग प्रकार के वास्तु-शास्त्रीय मार्ग-निर्देश और वास्तु-मूल्यांकन के अभ्यास दिए गए हैं।

1. भू-खंड के लिए
2. मकान और फ्लैट के लिए
3. दूकान अथवा कार्यालय के लिए
4. विद्यमान इमारतों, ढांचों अथवा संपत्ति के लिए।

- अपनी आवश्यकता के अनुसार वास्तु-मूल्यांकन प्रक्रिया चुनें और सभी प्रश्नों या पक्षों पर सावधानी के साथ अध्ययन करें।
- प्रत्येक प्रश्न के उत्तर में अंकों को नोट करके प्राप्तांक प्रपत्र पर लिख लें।
- सभी प्राप्तांकों का जोड़ कर लें।
- अंकों के द्वारा ज्ञात होता है कि आपका भू-खंड, मकान या फ्लैट, दूकान या कार्यालय, विद्यमान इमारत या संपत्ति आपके लिए कितनी शुभ है। प्राप्तांकों का फलाफल प्रत्येक खंड के अंत में दिया गया है।

वास्तु-मूल्यांकन के सभी अभ्यास लेखक के अनुभव एवं विज्ञता पर आधारित हैं। ये अभ्यास केवल अपने आस-पास की स्थितियों से अवगत कराने की दृष्टि से ही तैयार किए गए हैं। प्राप्तांक केवल एक मार्ग-निर्देश प्रदान करते हैं जिससे आप विषय को भली-भांति समझ सकें और तदनुसार अधिक लाभप्रद निर्णय करने में समर्थ हो सकें।

भू-खंडों के वास्तु-मूल्यांकन के अभ्यास

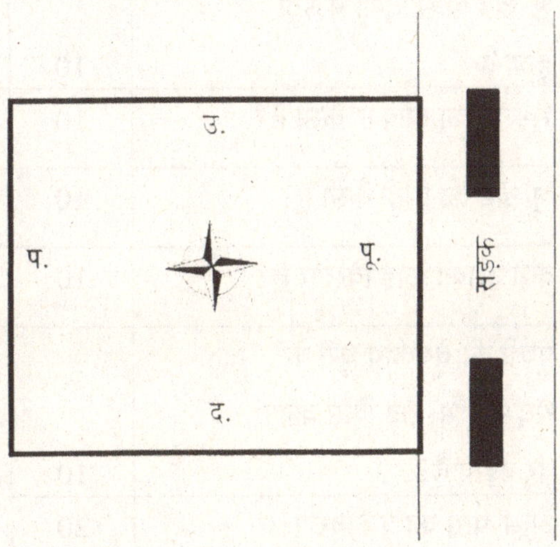

भू-खंड के लिए प्राप्तांक प्रपत्र

	प्रश्न	अंक	प्राप्तांक
1.	आपका भू-खंड किस दिशा की ओर है?	10	
2.	क्या उसके पास काटने वाली (छोटी) सड़कें हैं?	10	
3.	भू-खंड का ढलान किस दिशा की ओर है?	10	
4.	भू-खंड किस दिशा में उठा हुआ है	10	
5.	भू-खंड का आकार कैसा है?	10	
6.	भू-खंड की मिट्टी कैसी है?	10	
7.	क्या उसका कोई विस्तार है?	10	
8.	पृथ्वी की चुंबकीय धुरी के संदर्भ में भू-खंड किस कोण पर पड़ता है?	10	
9.	आस-पास का वातावरण?	20	
	योग	**100**	

1. भू-खंड किस दिशा की ओर है?

दिशा	अंक
पूर्व	10
उत्तर-पूर्व (ईशान)	9
उत्तर	8
उत्तर-पश्चिम (वायव्य)	7
दक्षिण-पूर्व (आग्नेय)	6
पश्चिम	5
दक्षिण	4
दक्षिण-पश्चिम (नैर्ऋत्य)	3

1. काटने वाली सड़कें

दिशा	अंक
ईशान के पूर्व की ओर	10
ईशान के उत्तर की ओर	9
वायव्य के पश्चिम की ओर	8
आग्नेय के दक्षिण की ओर	7
आग्नेय के पूर्व की ओर	6
वायव्य के उत्तर की ओर	5
नैर्ऋत्य के पश्चिम की ओर	4
दक्षिण और नैर्ऋत्य	3

3. भू-खंड का ढलान किस दिशा में है?

दिशा	अंक
उत्तर-पूर्व	3
पूर्व	4
उत्तर	5
उत्तर-पश्चिम	6
दक्षिण-पूर्व	7
दक्षिण	8
पश्चिम	9
दक्षिण-पश्चिम	10

4. भू-खंड किस दिशा में उठा हुआ है?

दिशा	अंक
दक्षिण-पश्चिम	10
पश्चिम	9
दक्षिण	8
दक्षिण-पूर्व	7
उत्तर-पश्चिम	6
उत्तर	5
पूर्व	4
उत्तर-पूर्व	3

5. भू-खंड का आकार

आकार	अंक
उत्तर-पूर्व की ओर बढ़ा वर्गाकार	10
वर्गाकार	9
आयताकार	8
षट्भुजाकार	7
अष्टभुजाकार	6
वृत्ताकार	5
अन्य आकार जिसे काट कर ठीक किया जा सके	4
त्रिकोणाकार या अन्य आकार जिसे काटकर ठीक न किया जा सके	3

6. मिट्टी कैसी है?

मिट्टी का रूप रंग	अंक
सौंधी गंध की लालिमा लिए पीली	10
सौंधी गंध युक्त ललौंही मिट्टी	9
सौंधी गंधवाली पीली	8
अच्छे वातावरण में पथरीली मिट्टी	7
अच्छे वातावरण में बलुई मिट्टी	6
अच्छी गंधरहित बलुई मिट्टी	5
अच्छी गंधरहित पथरीली मिट्टी	4
काली या दलदली मिट्टी	3

7. विस्तार

विस्तार कैसा है?	अंक	
वर्गाकार या आयताकार जिसका विस्तार उत्तर-पूर्व दिशा में हो	10	
कोई अन्य आकार जिसकी भुजाओं की सम संख्या हो और उसका विस्तार उत्तर-पूर्व दिशा में हो	9	
कोई भी आकार जिसकी भुजाओं की विषम संख्या भले ही हो किंतु उसका विस्तार उत्तर-पूर्व दिशा में हो	8	
दक्षिण-पूर्व दिशा में विस्तार	7	(महिलाओं के लिए अच्छा)
उत्तर-पश्चिम दिशा में विस्तार	6	(महिलाओं के लिए अच्छा)
पश्चिम की ओर विस्तार	5	
दक्षिण की ओर विस्तार	4	
दक्षिण-पश्चिम दिशा में विस्तार	3	

8. पृथ्वी की चुंबकीय धुरी के अनुपात में झुकाव

झुकाव का कोण	अंक
$0\text{-}5^0$	10
$5\text{-}10^0$	9
$10\text{-}15^0$	8
$15\text{-}20^0$	7
$20\text{-}25^0$	6
$25\text{-}30^0$	5
$30\text{-}35^0$	4
$35\text{-}40^0$	3

9. आस-पास का वातावरण

आस-पास का वातावरण	अंक
उत्तर-पूर्व दिशा में झील अथवा जल-केंद्र हो	20
पूर्व की ओर झील या जल स्रोत हो	18
उत्तर की ओर झील या जल स्रोत हो	16
दक्षिण-पूर्व में बिजली का सब-स्टेशन हो	14
उत्तर-पश्चिम में बिजली का सब-स्टेशन हो	12
दक्षिण-पश्चिम में पहाड़ी हो	10
दक्षिण में पहाड़ी हो	8
पश्चिम में पहाड़ी हो	6

भू-खंड की वास्तु-श्रेष्ठता का वर्गीकरण

प्राप्तांक	श्रेणी
100	अत्यधिक अच्छा
80-99	बहुत अच्छा
51-79	अच्छा
50 तक	औसत

मकानों और फ्लैटों के लिए वास्तु-शास्त्रीय मार्ग-निर्देश

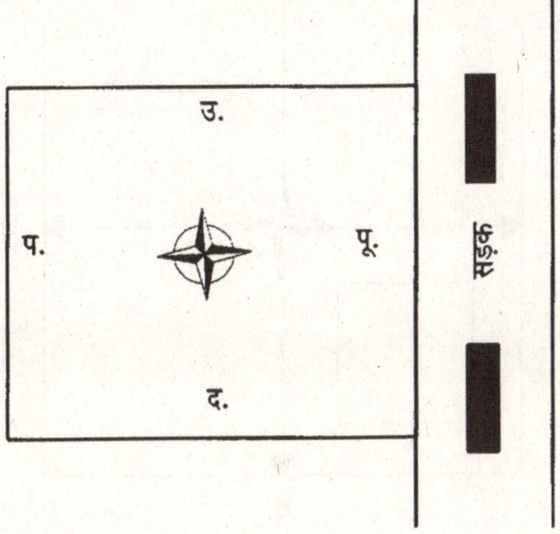

भू-खंड का चुनाव कर लेने के बाद नया मकान बनवाते समय निम्नलिखित सिद्धांतों का पालन करना चाहिए।

मकान बनाने के लिए आदर्श स्थान

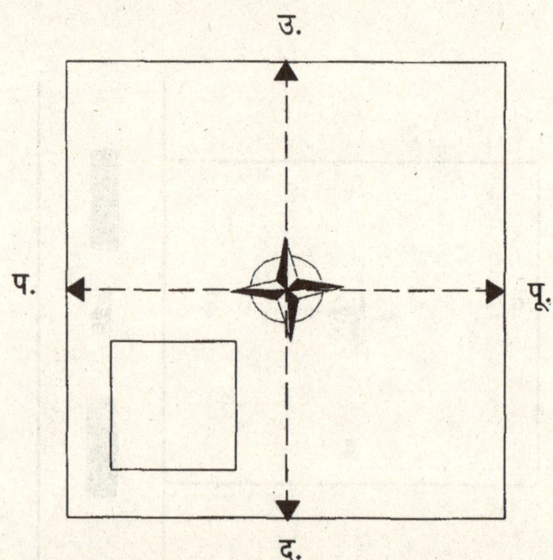

दक्षिण और पश्चिम दिशाओं की अपेक्षा उत्तर तथा पूर्व में खुली जगह अधिक छोड़नी चाहिए। निर्माण दक्षिण-पश्चिमी कोने में होना चाहिए।

बहु-मंजिली इमारत में जहां उत्तर-दक्षिण दिशा में आगे-पीछे की स्थिति एक जैसी हो, उस अवस्था में दक्षिण दिशा में ऊंचाई करके उत्तर की ओर ढलान कर लेना चाहिए। यदि पूर्व-पश्चिम दिशा में आगे-पीछे की स्थिति समान हो तो पश्चिम दिशा में ऊंचाई करके पूर्व दिशा की ओर ढलान कर लेना चाहिए।

नल-कूप/भू-गर्भीय टंकी

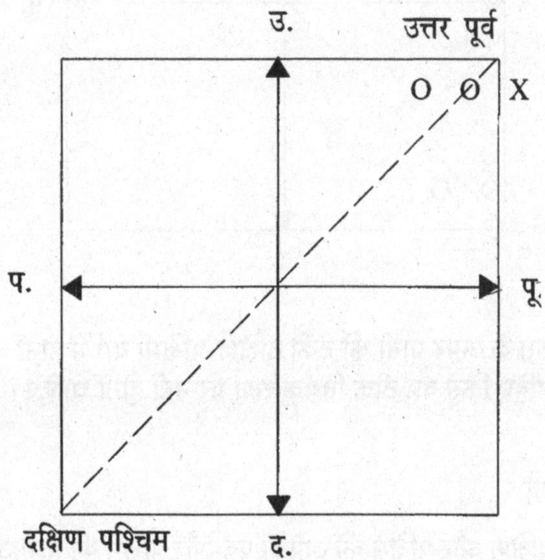

नलकूप या पानी की भू-गर्भीय टंकी उत्तर पूर्वी भाग में रखनी चाहिए किंतु वह उत्तर-पूर्व तथा दक्षिण-पश्चिम की ठीक तिर्यक रेखा पर नहीं होनी चाहिए।

छत के ऊपर पानी की टंकी

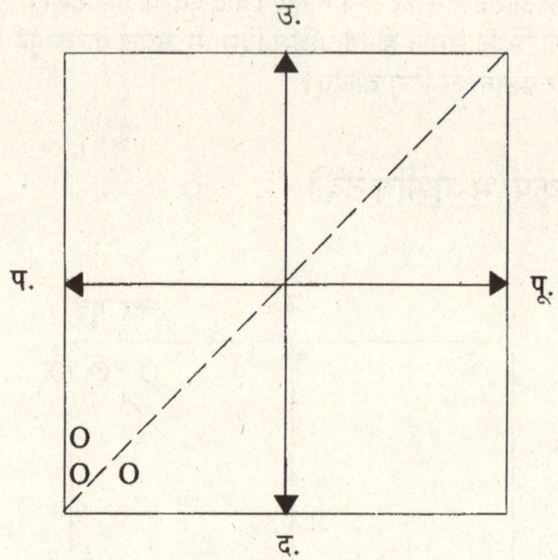

छत के ऊपर पानी की टंकी दक्षिण-पश्चिमी वर्ग में होनी चाहिए किंतु वह ठीक तिर्यक रेखा पर नहीं होनी चाहिए।

दरवाजे

दक्षिण और पश्चिम की अपेक्षा पूर्व और पश्चिम की दिशाओं में अधिकाधिक दरवाजे, खिड़कियां और बालकनी रखनी चाहिए। यह सुझाव दिया जाता है कि दक्षिण-पश्चिम के दरवाजों और खिड़कियों का कम से कम उपयोग किया जाना चाहिए। दक्षिण-पश्चिम दिशा की बाल्कनी में अधिक से अधिक पौधे लगाने चाहिए और उसे खाली नहीं रखना चाहिए।

दक्षिण-पश्चिम की बाल्कनी को हटाई जाने वाली प्लास्टिक या प्लाई की चद्दरों से ढक देना चाहिए।

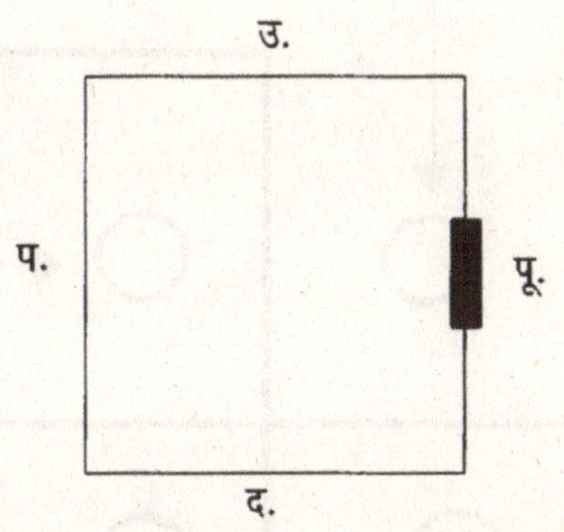

घर के प्रवेश द्वार को सबसे बड़ा बनाया जाना चाहिए। इस द्वार की लंबाई-चौड़ाई का सबसे अच्छा अनुपात 2:1 का है अर्थात् लंबाई चौड़ाई से दोगुनी हो।

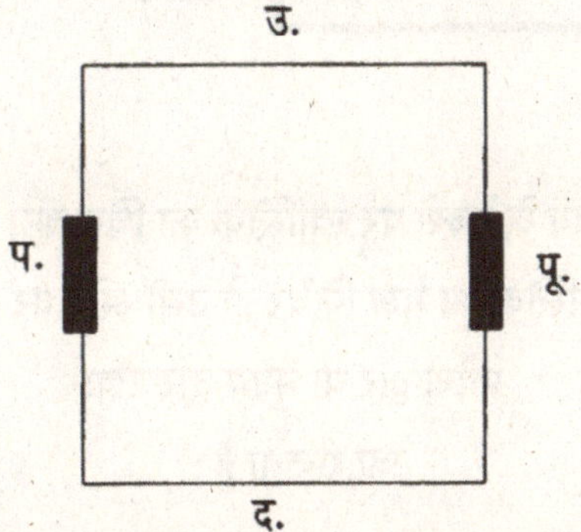

घर में प्रवेश द्वार और बाहर जाने का द्वार एक-दूसरे के ठीक आमने-सामने नहीं होने चाहिए क्योंकि उस अवस्था में जो कुछ भी अंदर आता है, बाहर निकल जाता है।

मुख्य द्वार की स्थिति

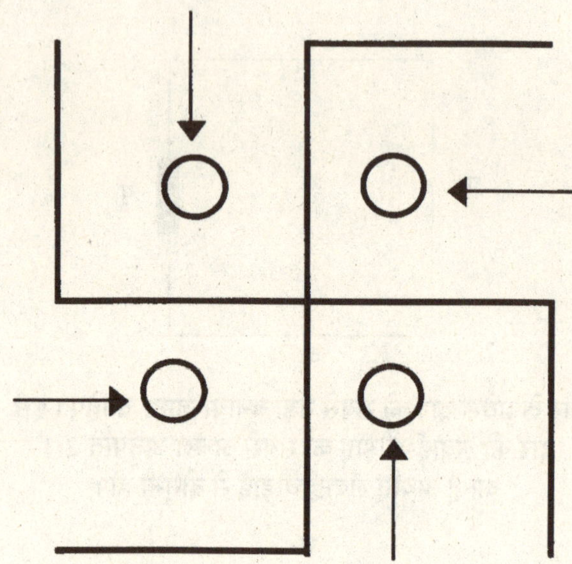

मकान के नक्शे पर स्वास्तिक का चिह्न बना लें। स्वास्तिक का मुख जिधर हो उसी ओर घर का प्रवेश द्वार या मुख्य द्वार रखा जा सकता है।

पूजा-स्थान

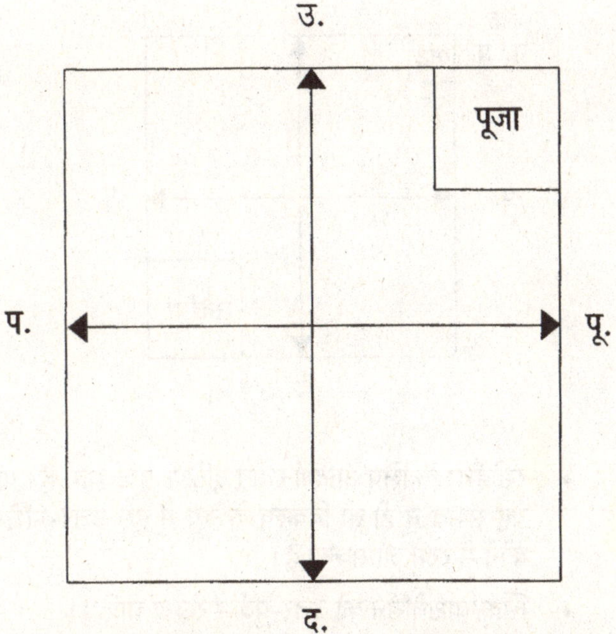

पूजा-गृह के लिए सर्वोत्तम स्थान उत्तर-पूर्व (ईशान) कोण है। देव-प्रतिमाएं पूर्व, पश्चिम या उत्तर मुखी हो सकती हैं। यदि पूजा-गृह की स्थिति ऐसी हो कि देव प्रतिमाओं का मुख दक्षिण की ओर रहे तो शिव जी या हनुमान जी की मूर्ति रखनी चाहिए।

रसोईघर

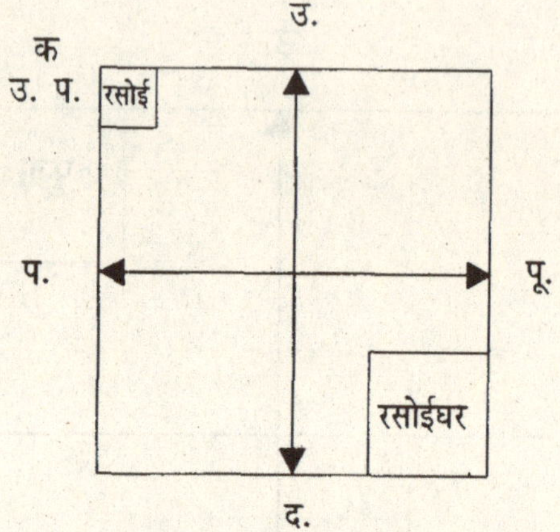

- रसोईघर के लिए आदर्श स्थान दक्षिण-पूर्वी भाग है। यदि यह संभव न हो तो विकल्प के रूप में इसे उत्तर-पश्चिमी कोने में रखा जा सकता है।
- सिंक/बाशबेसिन को उत्तर-पूर्व में रखना चाहिए।
- पूर्व अथवा उत्तर की ओर मुंह करके भोजन बनाना चाहिए।
- अपने फ्रिज को उत्तर-पश्चिमी कोने में रखें।
- राशन-पानी रखने का भंडार-गृह दक्षिण-पश्चिमी कोने में होना चाहिए।

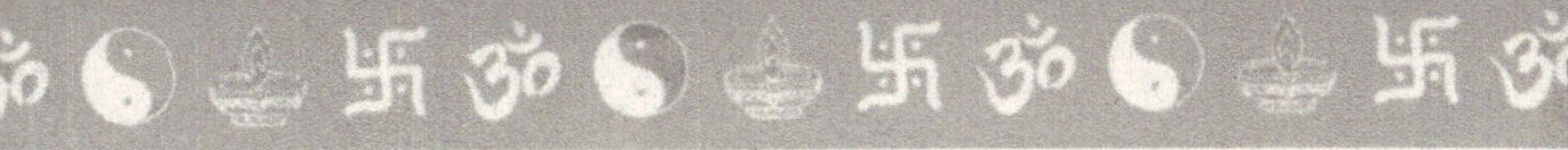

प्रमुख शयन-कक्ष

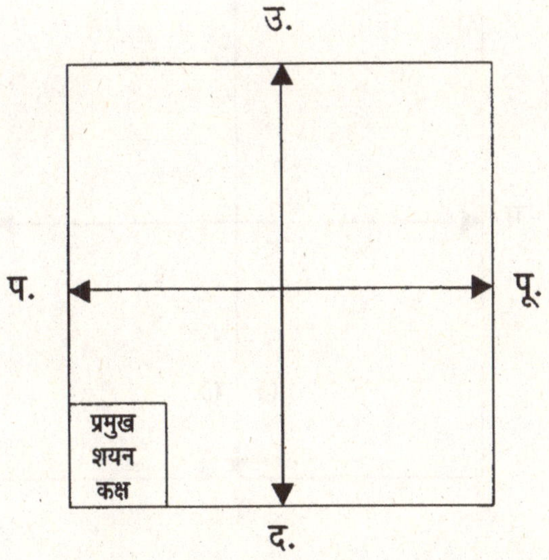

प्रमुख शयन-कक्ष घर के दक्षिण-पश्चिमी भाग (यदि संभव हो तो कोने में) रखा जाना चाहिए। शयन-कक्ष मकान के शेष भाग के फर्श से छः इंच ऊंचा होना चाहिए। यदि यह संभव न हो तो उत्तर-पश्चिमी भाग में प्रमुख शयन-कक्ष रख सकते हैं। अन्य भागों में शयन-कक्ष बनाने से बचना चाहिए।

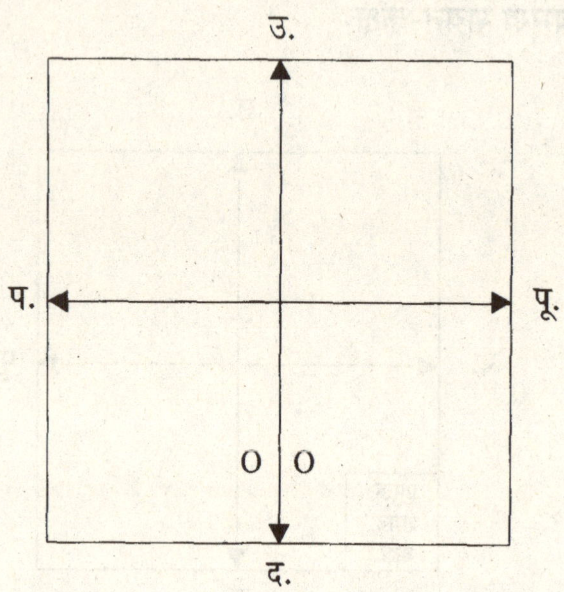

दक्षिण दिशा की ओर सिर करके सोना चाहिए। पूर्व-पश्चिम दिशा में भी शयन करना स्वीकार्य होता है।

उत्तर दिशा की ओर सिर करके नहीं सोना चाहिए। सिर शरीर का उत्तरी भाग होता है। उत्तर दिशा में सिर रखने से उत्तर-उत्तर के चुंबकीय ध्रुव एक-दूसरे को अवरुद्ध करते हैं। इसलिए उत्तर में सिर करके सोने से आपके शरीर की विद्युत चुंबकीय तरंगों में व्याघात पड़ता है, जिससे नींद अच्छी नहीं आती और स्वास्थ्य भी ठीक नहीं रहता।

बच्चों का सोने का कमरा

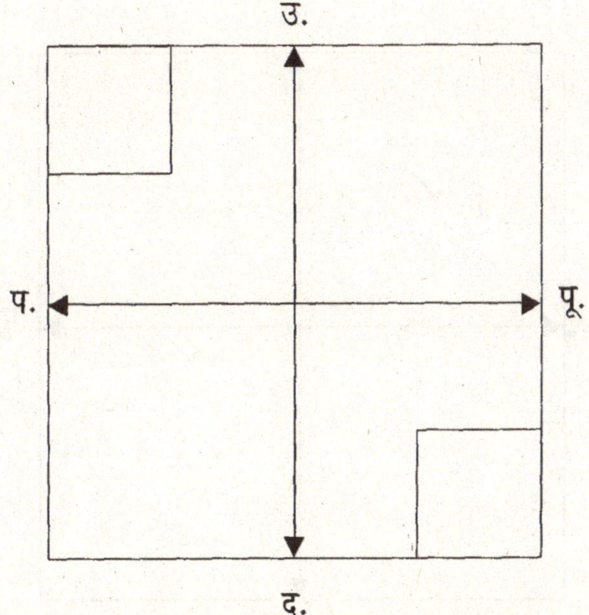

बच्चों का कमरा उत्तर-पश्चिम और दक्षिण-पूर्व में रखना ठीक है। दक्षिण-पश्चिम दिशा में इसे न रखना ही ठीक है। पूर्व-उत्तर कमरे में इसे रखा जा सकता है।

अतिथि-कक्ष

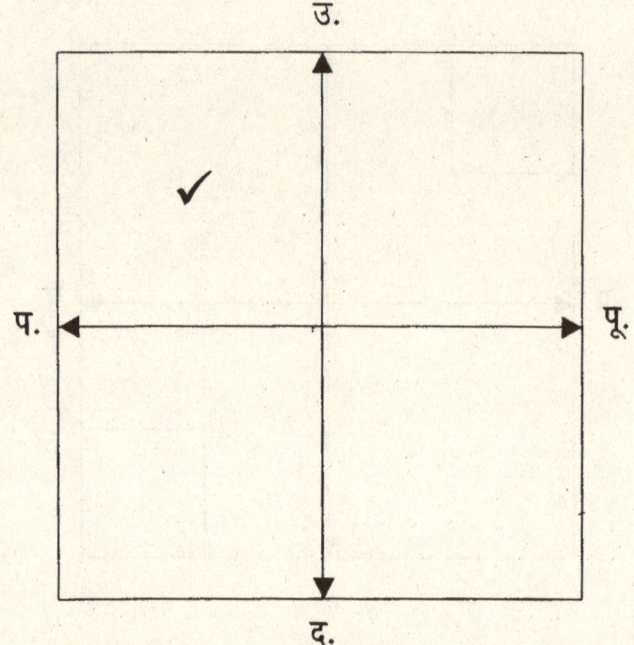

अतिथि-कक्ष के लिए सर्वोत्तम स्थान उत्तर-पश्चिमी भाग या कोने में रखना आदर्श स्थिति है। अन्यथा इसे उत्तर-पूर्व में रखा जा सकता है।

बैठक तथा भोजन-कक्ष

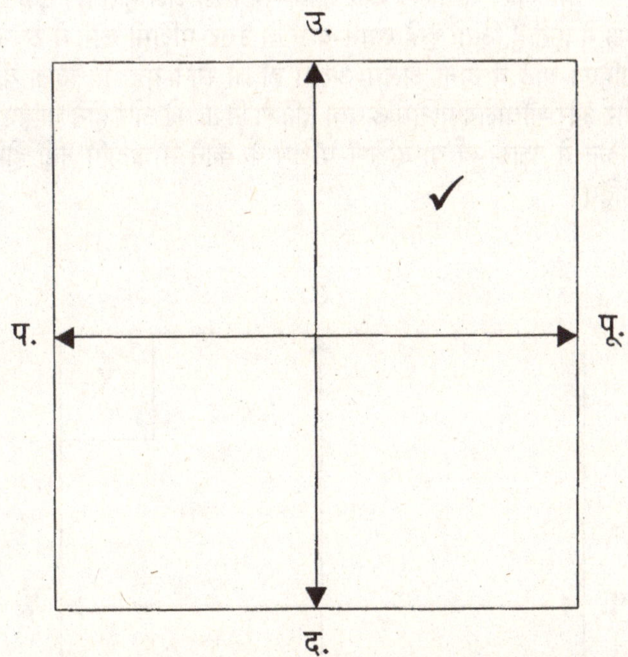

इन्हें उत्तरी तथा पूर्वी दीवारों के साथ बनाना चाहिए।

भोजन- कक्ष पूर्व-उत्तर की ओर अधिक रहना चाहिए।

शौचालय/स्नान-गृह

आजकल शौचालय और स्नान-गृह मिले जुले होते हैं। एक ही कक्ष में होते हैं, अतः इन्हें शयन-कक्ष के उत्तर-पश्चिमी कोने में रखना चाहिए। यदि ये दोनों अलग-अलग हों तो स्नान-गृह पूर्व दिशा की ओर और शौचालय पश्चिम अथवा दक्षिण दिशा की ओर होने चाहिए। लेकिन ये उत्तर-पूर्व या दक्षिण-पश्चिम के कोने में कदापि नहीं होने चाहिए।

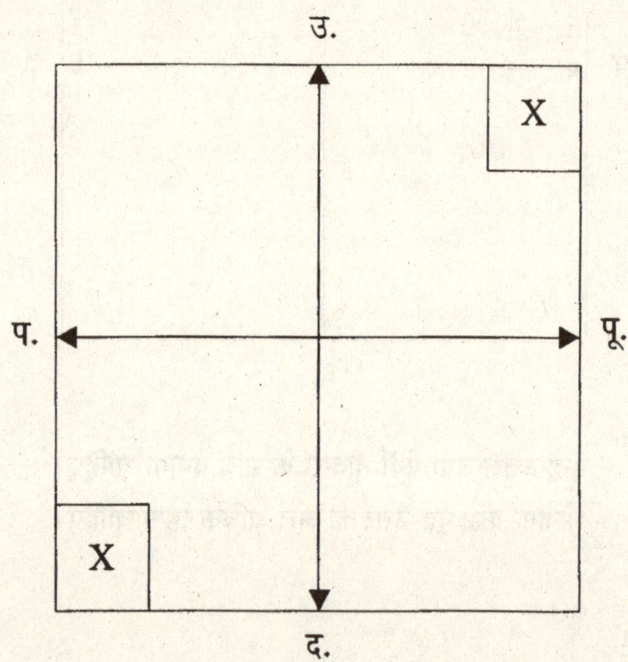

गैरेज

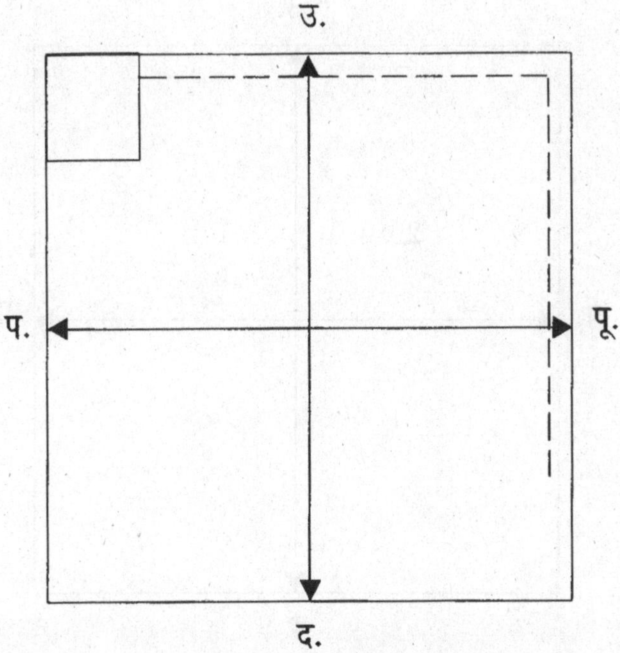

यथा संभव गैरेज को उत्तर पश्चिमी भाग में बनाना चाहिए। यदि यह संभव न हो तो बिंदु रेखांकित किसी क्षेत्र में बनाया जा सकता है। वाहन को उत्तर या पूर्व की दिशा में मुंह करके खड़ा करना चाहिए।

तल-घर

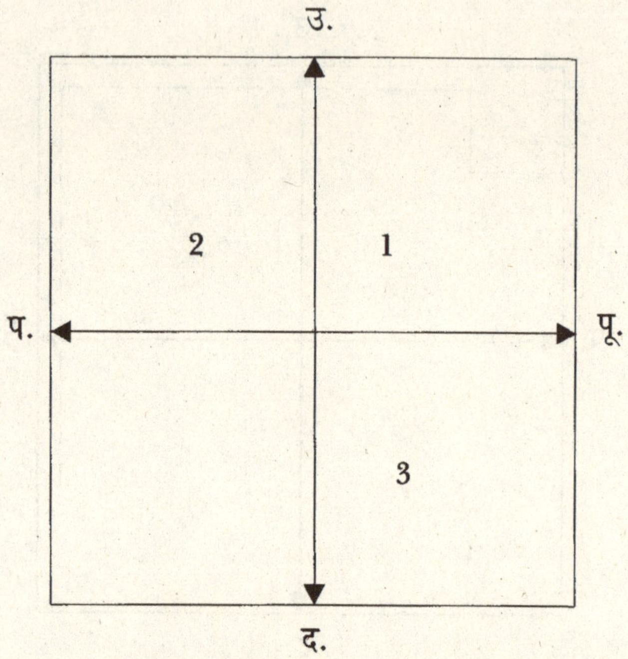

तल-घर के लिए मकान का उत्तर-पूर्वी भाग सर्वोत्तम होता है। अन्यथा या इसे उत्तर-पश्चिमी अथवा दक्षिण-पूर्वी भाग में रखा जा सकता है। दक्षिण-पश्चिमी भाग में इसे बनाने से बचना चाहिए।

दुछत्ती

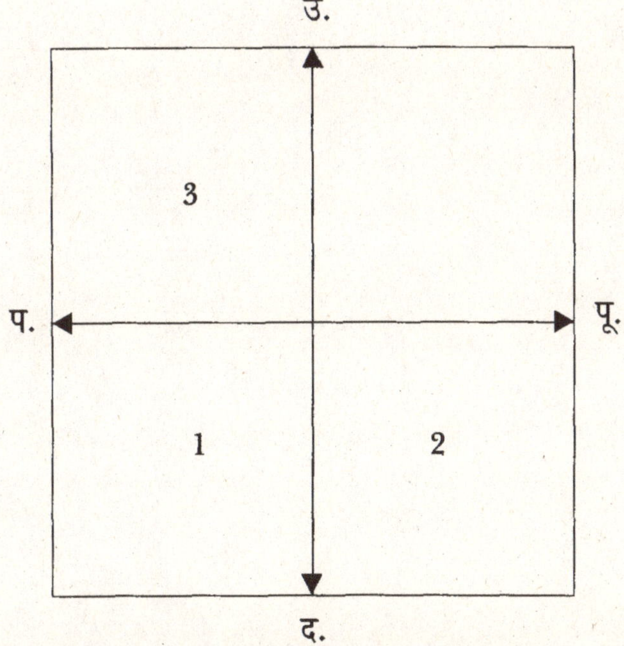

दुछत्ती-कक्ष बनाने के लिए सर्वोत्तम क्षेत्र दक्षिण-पश्चिमी भाग होता है यदि यह संभव न हो तो दक्षिण-पूर्व या उत्तर-पश्चिमी क्षेत्र में बनाया जा सकता है। इसे पूर्व-उत्तरी क्षेत्र में बनाने से यथासंभव बचना ही चाहिए।

मकान और फ्लैटों का वास्तु-मूल्यांकन कैसे करें

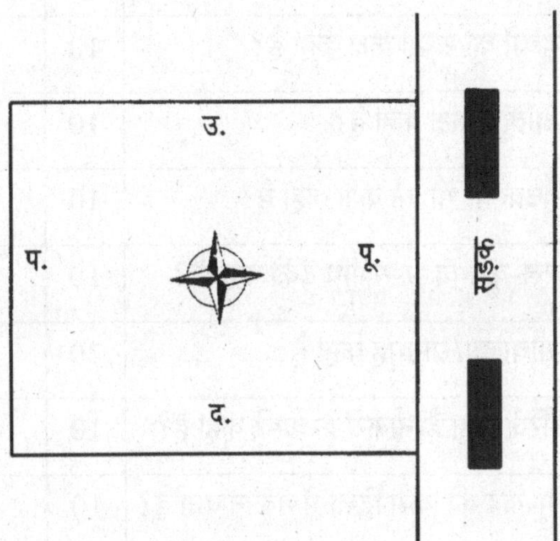

मकान और फ्लैटों का वास्तु मूल्यांकन प्रपत्र

	प्रश्न	अंक	प्राप्तांक
1.	प्रमुख/प्रवेश द्वार की स्थिति क्या है?	10	
2.	रसोई घर कहां है?	10	
3.	मुख्य शयन कक्ष कहां है?	10	
4.	बच्चों का शयन कक्ष कहां है?	10	
5.	अतिथि कक्ष कहां है?	10	
6.	बैठक या भोजन कक्ष कहां है?	10	
7.	नल-कूप या भू-गर्भीय टंकी कहां है?	10	
8.	शौचालय/स्नानगृह कहां है?	10	
9.	गैरेज कहां है/नौकरों के कमरे कहां हैं?	10	
10.	भू-खंड की किस दिशा में मकान बना है?	10	
	योग	**100**	

1. प्रमुख प्रवेश-द्वार की स्थिति

दिशा	अंक
उत्तर-पूर्व	10
पूर्व	9
उत्तर	8
उत्तर-पश्चिम	7
दक्षिण-पूर्व	6
पश्चिम	5
दक्षिण	4
दक्षिण-पश्चिम	3

2. रसोई-घर की स्थिति

दिशा	अंक
दक्षिण-पूर्व	10
उत्तर-पश्चिम	9
पूर्व	8
पश्चिम	7
दक्षिण	6
उत्तर	5
उत्तर-पूर्व	4
दक्षिण-पश्चिम	3

3. प्रमुख शयन-कक्ष की स्थिति

दिशा	अंक
दक्षिण-पश्चिम	10
दक्षिण	9
पश्चिम	8
उत्तर-पश्चिम	7
उत्तर	6
पूर्व	5
दक्षिण-पूर्व	4
उत्तर-पूर्व	3

4. बच्चों के शयन-कक्ष की स्थिति

दिशा	अंक
उत्तर-पश्चिम	10
दक्षिण-पूर्व	9
उत्तर	8
पूर्व	7
उत्तर-पूर्व	6
पश्चिम	5
दक्षिण	4
दक्षिण-पूर्व	3

5. अतिथि-कक्ष की स्थिति

दिशा	अंक
उत्तर-पश्चिम	10
उत्तर	9
पूर्व	8
उत्तर-पूर्व	7
दक्षिण-पूर्व	6
पश्चिम	5
दक्षिण	4
दक्षिण-पश्चिम	3

6. बैठक या भोजन-कक्ष की स्थिति

दिशा	अंक
पूर्व	10
उत्तर	9
उत्तर-पूर्व	8
दक्षिण-पूर्व	7
उत्तर-पश्चिम	6
पश्चिम	5
दक्षिण	4
दक्षिण-पश्चिम	3

7. नल-कूप/भू-गर्भीय पानी की टंकी

दिशा	अंक
उत्तर-पूर्व	10
पूर्व	9
उत्तर	8
उत्तर-पश्चिम	7
पश्चिम	6
दक्षिण	5
दक्षिण-पूर्व	4
दक्षिण-पश्चिम/केंद्र	3

8. शौचालय या स्नानागारों की स्थिति

दिशा	अंक
उत्तर-पश्चिम	10
पश्चिम	9
दक्षिण	8
उत्तर	7
पूर्व	6
दक्षिण-पूर्व	5
दक्षिण-पश्चिम	4
उत्तर पूर्व	3

9. गैरेज तथा नौकरों के कमरे

दिशा	अंक
उत्तर-पश्चिम	10
उत्तर	9
पूर्व	8
उत्तर-पूर्व	7
दक्षिण-पूर्व	6
पश्चिम	5
दक्षिण	4
दक्षिण-पश्चिम	3

10. भू-खंड के अंदर निर्मित मकान कहां है?

दिशा	अंक
दक्षिण-पश्चिम	10
दक्षिण	9
पश्चिम	8
उत्तर-पश्चिम	7
दक्षिण-पूर्व	6
उत्तर	5
पूर्व	4
उत्तर-पूर्व	3

श्रेष्ठता का वर्गीकरण

प्राप्तांक	श्रेणी
100	अत्यधिक अच्छा
80-99	बहुत अच्छा
51-79	अच्छा
50 तक	औसत

महत्त्वपूर्ण सुझाव

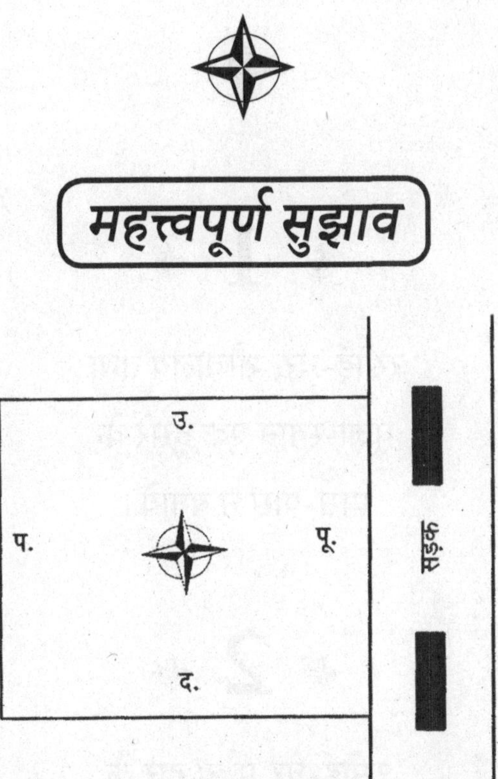

1

रसोई-घर, शौचालय तथा
पूजा-स्थान एक दूसरे के
पास-पास न बनायें।

2

रसोई-घर मुख्य द्वार के
ठीक सामने नहीं
होना चाहिए ।

3

बिजली के/गर्मी
पैदा करने वाले उपकरण
कमरे के दक्षिण पूर्वी
कोने में रखें।

4

घर में टूटे हुए दर्पण
नहीं रखना चाहिए।

5

दर्पण, सिंक, वाशबेसिन
और नलकों को यथासंभव
उत्तर-पूर्वी दीवार
के सहारे रखें।

6

सेफ का दरवाजा उत्तर
या पूर्व की ओर खुले
इसके लिए सेफ को दक्षिण
या पश्चिम की दीवार
की तरफ रखें।

7

जहां तक हो सके,
शौचालय की सीट उत्तर-दक्षिण
धुरी के अनुरूप रखें। सैप्टिक टैंक
उत्तर-पश्चिम या दक्षिण-पूर्व
कोने में रखा जा सकता है।

8

कूड़ादान, सड़क की बत्ती का खंभा
या बड़ा पत्थर प्रमुख द्वार या
दरवाजे के सामने न हों,
यह प्रयास करना चाहिए।

9

आपका प्रमुख द्वार किसी अन्य मकान के मुख्य द्वार के ठीक सामने नहीं होना चाहिए।

10

दरवाजों तथा खिड़कियों की संख्या भू-तल पर अधिक और प्रथम-तल पर अपेक्षाकृत कम होनी चाहिए।

11

मुख्य द्वार पर गजलक्ष्मी
की मूर्ति लगाना
शुभ होता है।

12

घर का उत्तर-पूर्वी कोना
घर के मुख के समान होता है।
अतः उसे सदैव साफ-सुथरा
रखना चाहिए।

13

किसी कीटाणु-नाशक से
घर में पोंछा लगायें तो पोंछे के
पानी में सैंधव (सैंधा) नमक अथवा
समुद्र से प्राप्त नमक मिला लेना चाहिए।

14

विद्यार्थी उत्तर अथवा पूर्व दिशा
की ओर मुंह करके
पढ़े-लिखें

15

किसी बीम (धरन) के नीचे न तो बैठें और न सोयें।

16

युद्ध, अपराध, अशांति, आक्रोश या कष्ट का चित्रण करती हुई कोई पेंटिंग दीवार पर न टांगे।

17

घर का मुख्य द्वार इस प्रकार निर्मित करायें जिससे उस पर किसी की छाया न पड़े।

18

घर के बाहर तुलसी (Basil)
का पौधा उगाएं।

19

घर के अंदर कैक्टस नहीं रखना चाहिए।
घर की चार दीवारी के बाहर कैक्टस
रखना चाहिए।

20

वर्षा का पानी या नाली
उत्तर-पूर्व/पूर्व-उत्तर
की ओर बहनी चाहिए।

21

निर्माण करने के लिए सदैव नयी निर्माण-सामग्री ही प्रयोग करनी चाहिए। यदि मरम्मत या नवीनीकरण करना हो तो बात दूसरी है।

22

वयोवृद्ध लोग सदैव दक्षिण-पश्चिमी कोने में रहने से सदैव सुविधा अनुभव करते हैं।

23

इमारत की ऊंचाई दक्षिण-पश्चिम
से उत्तर-पूर्व की ओर
घटानी चाहिए।

24

दक्षिण-पश्चिम दिशा की दीवारें
उत्तर-पूर्व दिशा की दीवारों की
अपेक्षा अधिक मोटी
होनी चाहिए।

25

नये मकान के निर्माण के पहले भूमि-पूजन कराना चाहिए और उसमें रहने के लिए जाने से पूर्व गृह-प्रवेश की पूजा की जानी चाहिए।

26

जीने की सीढ़ियों के नीचे शौचालय और पूजा-कक्ष नहीं रखना चाहिए।

27

घर अथवा प्लाट के बीचोंबीच

कुआं रखना

अशुभ होता है।

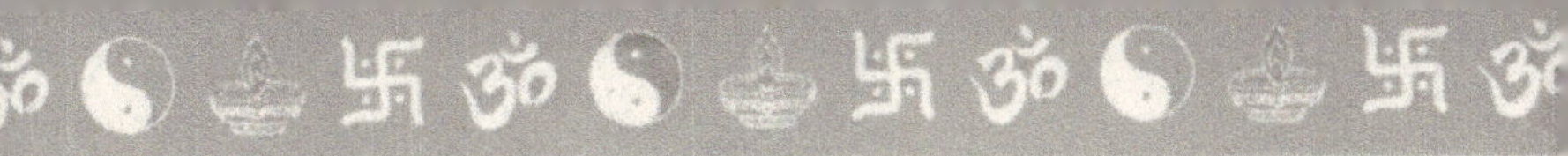

कार्यालयों और दूकानों के लिए वास्तु-शास्त्रीय मार्ग-निर्देश

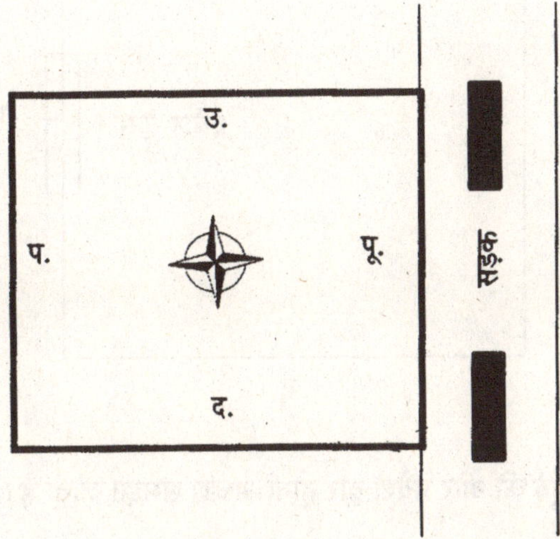

प्रवेश द्वार

पूर्व-मुखी दूकानें या कार्यालय अच्छे माने जाते हैं। यही बात उत्तर-मुखी दूकानों या कार्यालयों के विषय में लागू होती है।

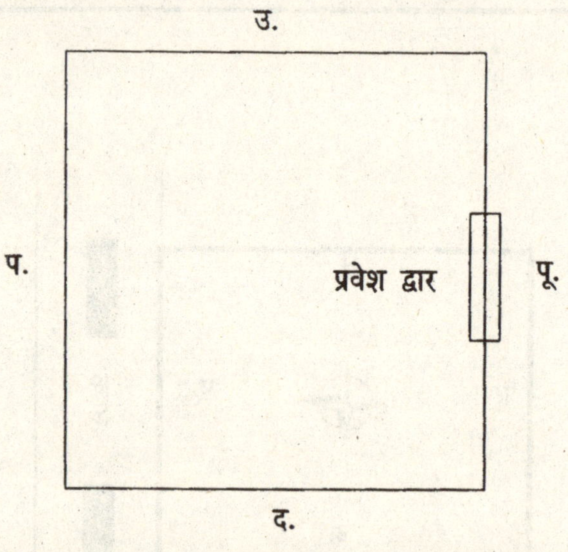

पूर्व की ओर प्रवेश द्वार होना अच्छा समझा जाता है।

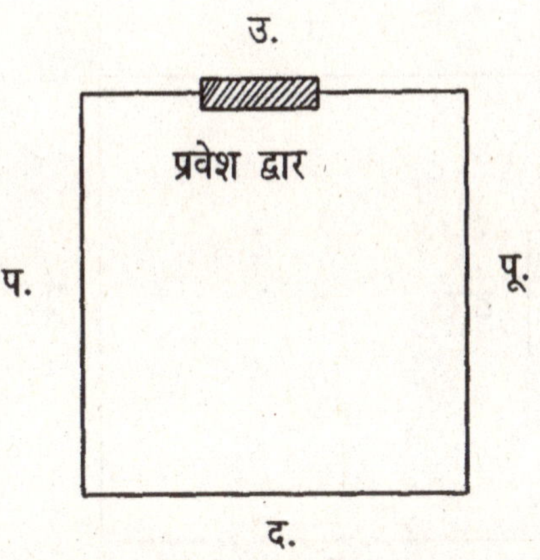

उत्तर की ओर प्रवेश द्वार होना भी अच्छा है।

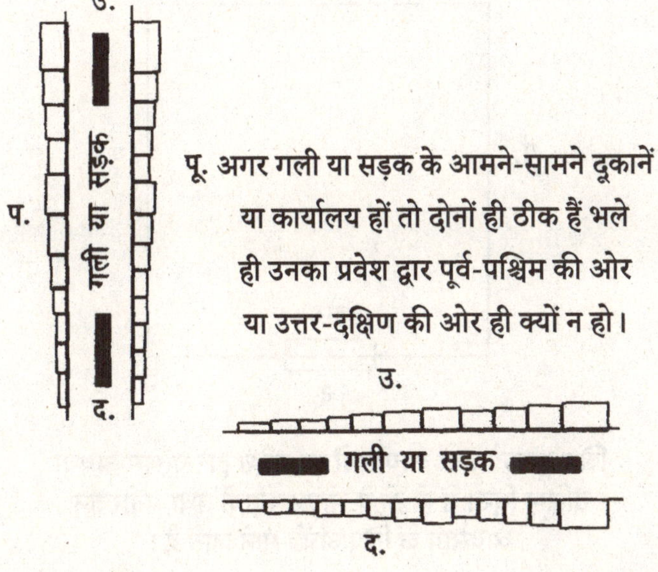

अगर गली या सड़क के आमने-सामने दूकानें या कार्यालय हों तो दोनों ही ठीक हैं भले ही उनका प्रवेश द्वार पूर्व-पश्चिम की ओर या उत्तर-दक्षिण की ओर ही क्यों न हो।

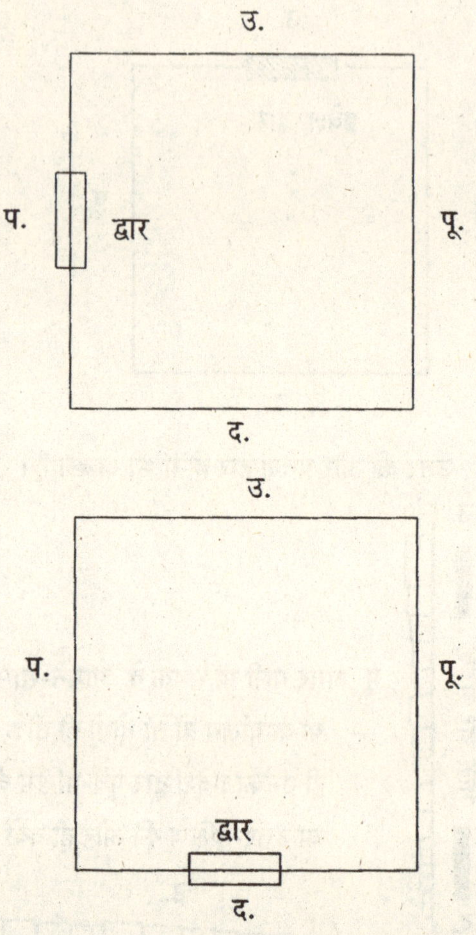

जिन दूकानों तथा कार्यालयों का प्रवेश द्वार पश्चिम अथवा दक्षिण दिशा में हो तो वे भोज्य पदार्थों तथा मनोरंजन व्यवसाय के लिए अच्छे माने जाते हैं।

मालिक के बैठने का स्थान

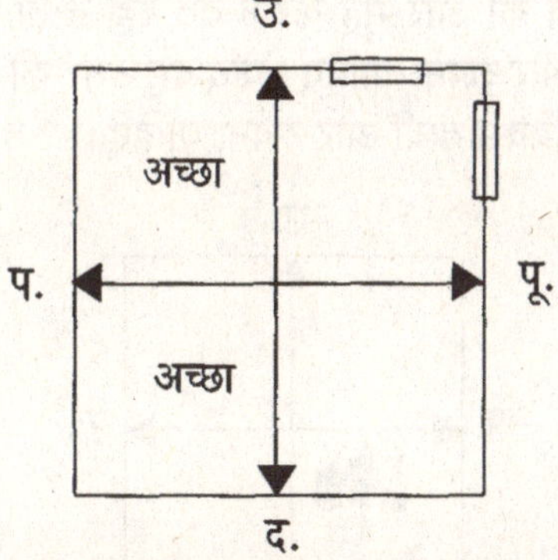

मालिक को दक्षिण-पश्चिमी कोना प्रयोग करते हुए बैठने का स्थान इस प्रकार बनाना चाहिए कि उसका मुंह पूर्व या उत्तर की ओर रहे। उत्तर-पश्चिमी कोना भी ठीक समझा जाता है। लेकिन यह सब इस बात पर निर्भर करेगा कि प्रवेश द्वार किस दिशा में है।

उ.

प. पू.

द.

दूकान में सामान दक्षिण-पश्चिमी दीवारों के साथ रखना चाहिए।

कैश बक्स कहां रखें

यदि मालिक पूर्व की ओर मुंह करके बैठ रहा है तो उसे कैश बक्स अपनी दाहिनी ओर रखना चाहिए। यदि वह उत्तर की ओर मुंह करके बैठे तो उसे कैश बक्स बायीं ओर रखना चाहिए।

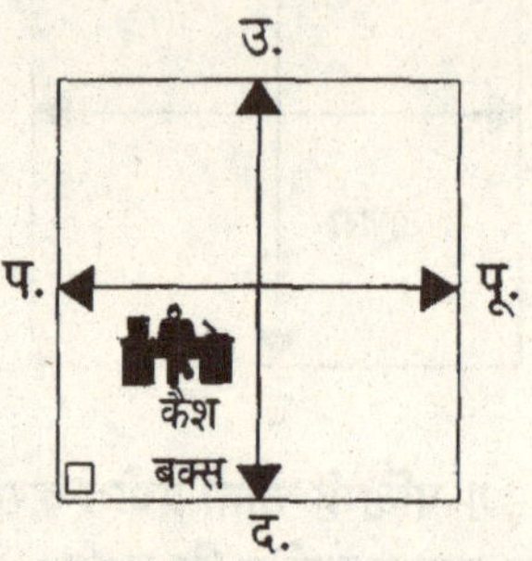

यदि मालिक पूर्व की ओर मुंह करके बैठे तो उसे कैश बक्स अपनी दाहिनी ओर रखना चाहिए।

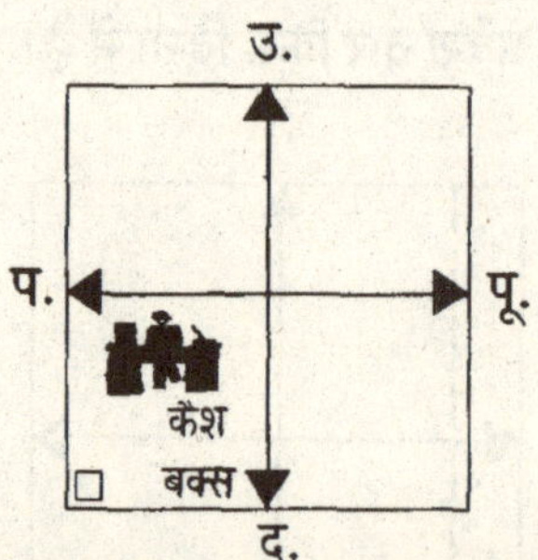

यदि मालिक उत्तर की ओर मुंह करके बैठे तो उसे कैश बक्स उसकी बायीं ओर होना चाहिए।

मालिक का दक्षिण या पश्चिम दिशा की ओर मुंह करके बैठना ठीक नहीं कहा जाता।

एकाउंट्स विभाग

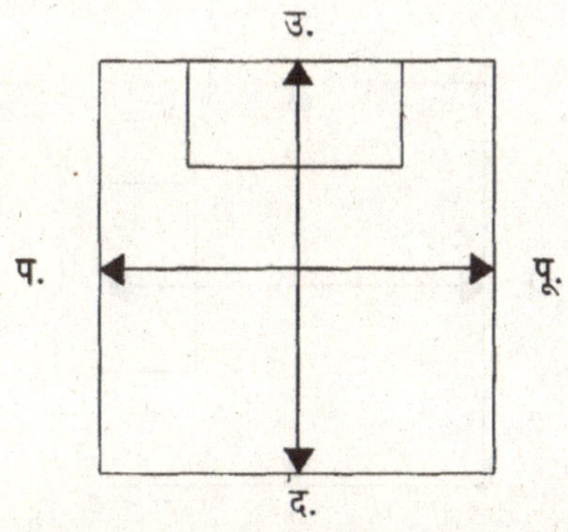

कार्यालयों में एकाउंट्स विभाग उत्तर में रहना चाहिए। यदि कोई एकाउन्टेंट या मुनीमजी हो तो उसे उसी दिशा में बैठना चाहिए।

बिक्री और विपणन विभाग

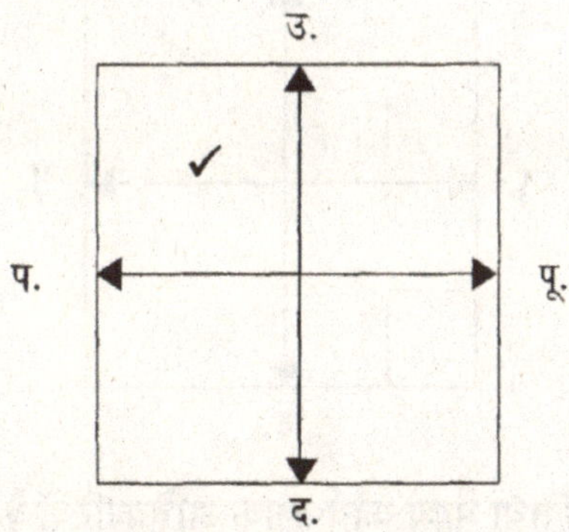

बिक्री और विपणन विभाग के लिए उत्तर पश्चिमी दिशा में बैठाने की अनुशंसा की जाती है।

प्रशासन विभाग

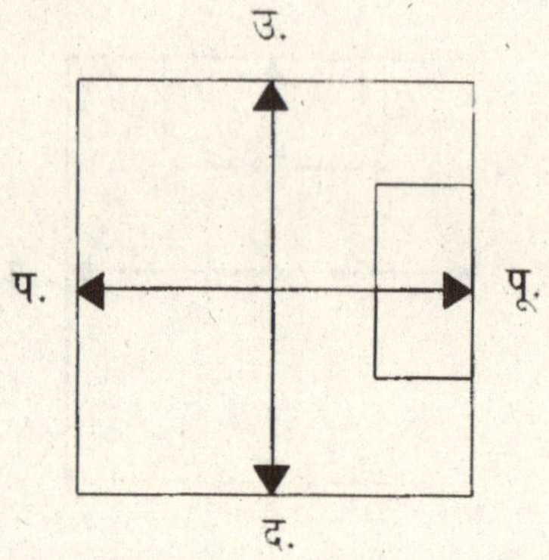

प्रशासन और कार्मिक विभाग को पूर्व की ओर बैठाना चाहिए।

प्रशासन प्रमुखों का स्थान

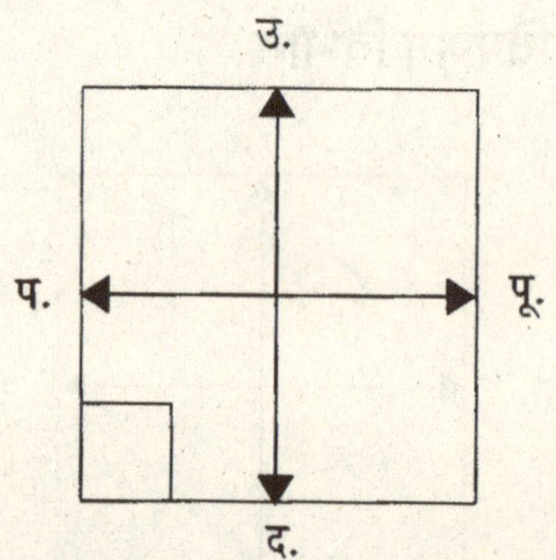

निदेशकों तथा मुख्य कार्यपालक अधिकारियों के केबिन
दक्षिण-पश्चिम में हों जिनका फर्श कार्यालय
के फर्श से 6 इंच ऊंचा बना हो।

दरवाजे

दरवाजों के विषय में वे सिद्धांत ही लागू होते हैं जो घरों के लिए इस संबंध में मान्य हैं।

दरवाजों की संख्या दस के गणकों अर्थात् 10, 20, 30 आदि नहीं होनी चाहिए। कुछ वास्तु-वेत्ताओं का मानना है कि दरवाजों की विषम संख्या अच्छी रहती है जबकि अन्य सम-संख्या के समर्थक हैं। यह बात दूकानों पर लागू नहीं होती क्योंकि उनमें एक ही प्रवेश द्वार होता है। अतः दरवाजों की संख्या की बात आवासीय मकानों के संदर्भ में अधिक महत्त्व रखती है, जहां एक से अधिक दरवाजे होते हैं।

दरवाजों की संख्या आपके जन्मांक के अनुरूप होनी चाहिए। यदि किसी का जन्म 25-6-1940 को हुआ है तो (2 + 5) + (6) + (1 + 9 + 4 + 0) = 7 + 6 + 5 = 18 → (1 + 8) = 9 दरवाजे उसके मकान में रखने उपयुक्त रहेंगे । यह व्यक्ति दरवाजों की संख्या विषम रख सकता है। इसके लिए दरवाजों की सम संख्या उपयुक्त नहीं रहेगी।

इसी प्रकार यदि आपका जन्मांक सम संख्या में आता है जैसे 24 – 7 – 1971, → 6 + 7 + 9 = 22 → 2 + 2 = 4 तो दरवाजों की संख्या 4 या कोई भी अन्य सम संख्या (दस की संख्या को छोड़कर) में दरवाजे रखे जा सकते हैं।

जल-पात्र

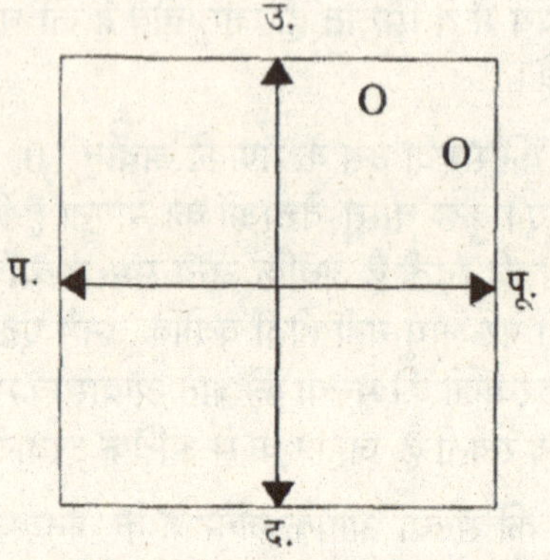

दूकान या छोटे कार्यालय में जल-पात्र अर्थात् घड़ा, पानी का फिल्टर, जल प्रशीतक को उत्तर-पूर्व दिशा के भाग में रखने का सुझाव दिया जाता है।

पूजा-कक्ष

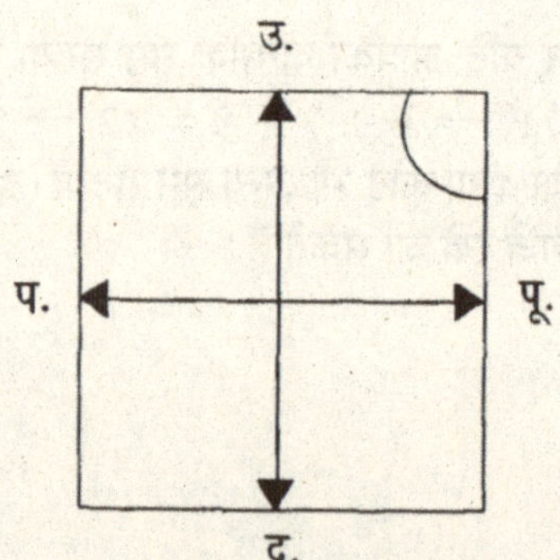

उत्तर-पूर्व के कोने में छोटा सा पूजा-कक्ष बना लिया जाना चाहिए।

रसोई-घर

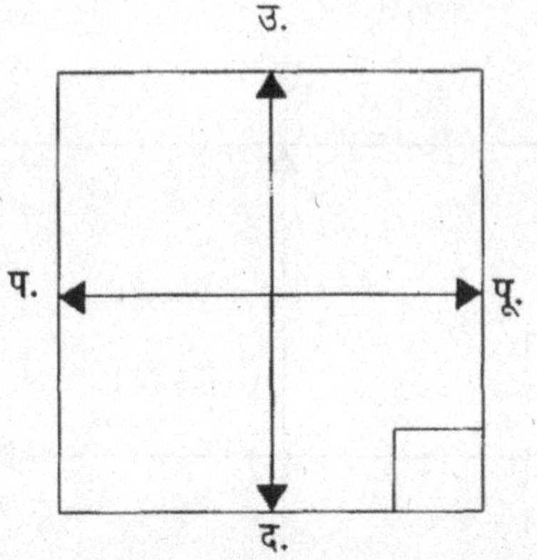

भोजन बनाने, बना हुआ भोजन रखने या गर्म करने का हीटर दक्षिण-पूर्व के कोने में रखना अच्छा रहता है।

शौचालय

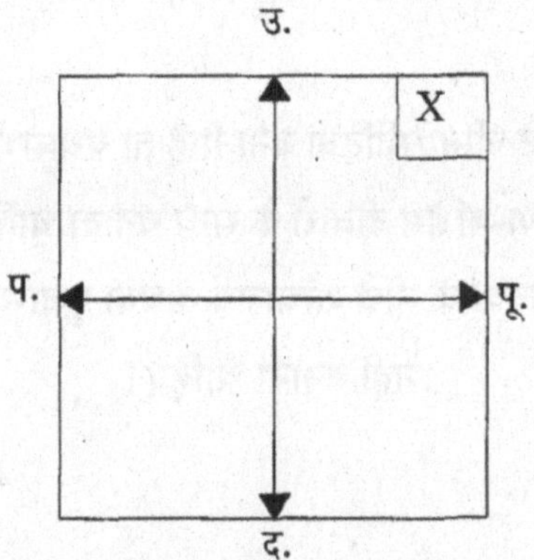

किसी कार्यालय या बड़ी दूकान में शौचालय उत्तर-पूर्वी कोने में बनाने से बचना चाहिए।

जीना/सीढ़ियां

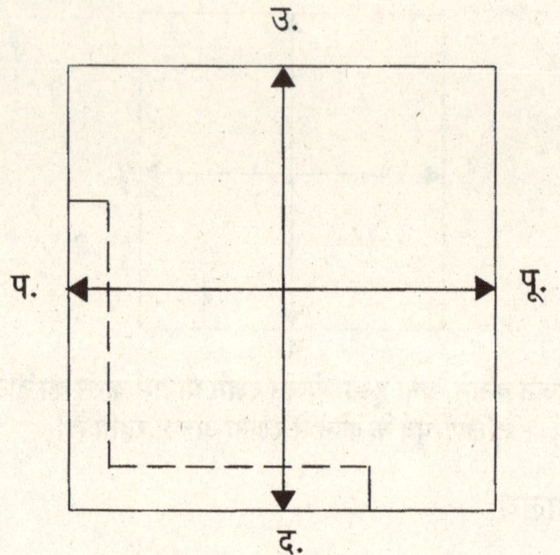

यदि जीना/सीढ़ियां बनानी हैं तो यथासंभव दक्षिण-पश्चिम दीवारों के साथ बनाना चाहिए। सीढ़ियों के नीचे शौचालय अथवा पूजा-गृह नहीं बनाना चाहिए।

दूकानों या कार्यालय भवनों का वास्तु-मूल्यांकन कैसे करें ?

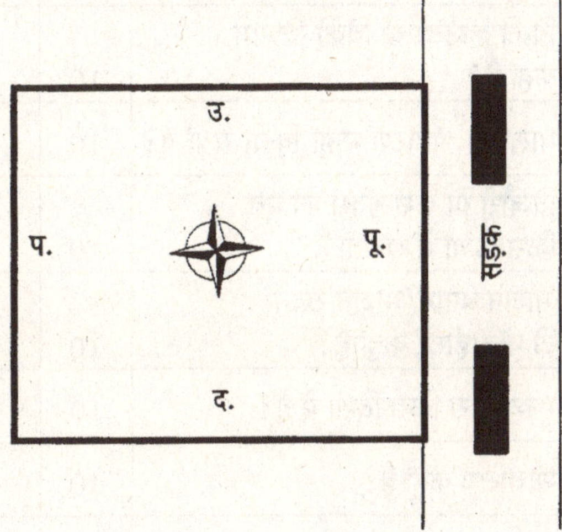

दूकानों या कार्यालयों के लिए वास्तु-मूल्यांकन प्रपत्र

	प्रश्न	अंक	प्राप्तांक
1.	आपकी केबिन या मेज किस कोने में है?	10	
2.	बैठते समय आपका मुख किस दिशा में है?	10	
3.	एकाउंट्स सैक्शन में कैश बक्स कहां है	10	
4.	बिक्री काउंटर या बिक्री विभाग कहां है?	10	
5.	माल का भंडारण कहां किया गया है?	10	
6.	तिजौरी या कैश बक्स का मुंह किस दिशा में खुलता है?	10	
7.	भोजन बनाने/भोजन रखने/टी पॉट/हीटर कहां है?	10	
8.	मुख्य द्वारा किस दिशा में है?	10	
9.	शौचालय कहां है?	10	
10.	फर्श समतल है अथवा वह कहीं नीचा या ऊंचा है?	10	
	योग	**100**	

1. आपकी केबिन या मेज किस दिशा में है?

कोना	अंक
दक्षिण-पश्चिम	10
दक्षिण	9
पश्चिम	8
उत्तर- पश्चिम	7
दक्षिण-पूर्व	6
उत्तर	5
पूर्व	4
उत्तर-पूर्व	3

2. आप किस दिशा की ओर मुंह करके बैठे हैं?

दिशा	अंक
उत्तर-पूर्व	10
पूर्व	9
उत्तर	8
उत्तर- पश्चिम	7
दक्षिण-पूर्व	6
पश्चिम	5
दक्षिण	4
दक्षिण- पश्चिम	3

3. एकाउंट्स विभाग या दूकान में कैश बक्स कहां रखा गया है?

दिशा	अंक
उत्तर	10
पूर्व	9
उत्तर-पूर्व	8
उत्तर-पश्चिम	7
पश्चिम	6
दक्षिण- पश्चिम	5
दक्षिण	4
दक्षिण-पूर्व	3

4. बिक्री काउंटर या बिक्री विभाग कहां है?

दिशा	अंक
उत्तर पश्चिम	10
उत्तर	9
पश्चिम	8
दक्षिण-पश्चिम	7
दक्षिण- पूर्व	6
दक्षिण	5
पूर्व	4
उत्तर-पूर्व	3

छोटी दूकान में जब मालिक दक्षिण-पश्चिम में बैठता है और बिक्री करता है तो अर्जित अंकों का क्रम उलट देना चाहिए।

5. सामान का भंडारण कहां होता है?

दिशा	अंक
दक्षिण-पश्चिम (कच्चा माल)	10
दक्षिण	9
पश्चिम	8
उत्तर- पश्चिम (कच्चा माल)	7
उत्तर	6
दक्षिण-पूर्व	5
पूर्व	4
उत्तर-पूर्व	3

तैयार माल रखे होने की अवस्था में अंकों का क्रम उलटा कर दें अर्थात् उत्तर-पश्चिम दिशा के लिए 10 अंक और दक्षिण-पश्चिम दिशा के 7 अंक। आमतौर पर छोटी दूकान में बिक्री काउंटर के आसपास चारों ओर सामान रहता है। यहां स्टॉक का अर्थ होगा तैयार माल।

6. सेफ या कैश बक्स का मुंह किधर खुलता है?

पूर्वा-भिमुख दूकान में कैश बक्स दाहिनी ओर तथा उत्तरा-भिमुख दुकान में कैश बक्स बायीं ओर रखना चाहिए।

दिशा	अंक
उत्तर की ओर खुलने वाला	10
उत्तर –पूर्व	9
पूर्व	8
दक्षिण-पूर्व	7
उत्तर- पश्चिम	6
पश्चिम	5
दक्षिण	4
दक्षिण – पश्चिम	3

7. रसोई-घर, चाय के बर्तन या हीटर कहां हैं?

दिशा	अंक
दक्षिण-पूर्व	10
उत्तर –पश्चिम	9
दक्षिण	8
पूर्व	7
पश्चिम	6
उत्तर	5
उत्तर-पूर्व	4
दक्षिण-पश्चिम	3

8. मुख्य द्वार किधर है?

यह वास्तु-मूल्यांकन उन दूकानों तथा कार्यालयों के लिए है जिनके सामने की ओर दूकानें अथवा कार्यालय नहीं हैं।

स्थिति	अंक
उत्तर-पूर्व	10
उत्तर	9
पूर्व	8
उत्तर -पश्चिम	7
पश्चिम	6
दक्षिण-पूर्व	5
दक्षिण	4
दक्षिण – पश्चिम	3

9. शौचालय कहां है?

दिशा	अंक
उत्तर –पश्चिम	10
उत्तर	9
पश्चिम	8
दक्षिण-पूर्व	7
दक्षिण	6
पूर्व	5
उत्तर –पूर्व	4
दक्षिण – पश्चिम	3

10. फर्श का तल-नीचा है या ऊंचा है?

स्थिति	अंक
उत्तर -पूर्व में नीचा या दक्षिण-पश्चिम में ऊंचा	10
उत्तर में नीचा या दक्षिण में ऊंचा	9
पूर्व में नीचा या पश्चिम में ऊंचा	8
सर्वत्र समतल	7
दक्षिण-पूर्व में ऊंचा उठा हुआ	6
उत्तर-पश्चिम में ऊंचा उठा हुआ	5
दक्षिण-पूर्व या उत्तर-पश्चिम में नीचा	4
उत्तर-पूर्व में उठा हुआ या दक्षिण-पश्चिम में नीचा	3

श्रेष्ठता वर्गीकरण

प्राप्तांक	श्रेणी
100	अत्यधिक अच्छा
80-99	बहुत अच्छा
51-79	अच्छा
50 अंक तक	औसत

विद्यमान ईमारतें, ढांचे या संपत्ति

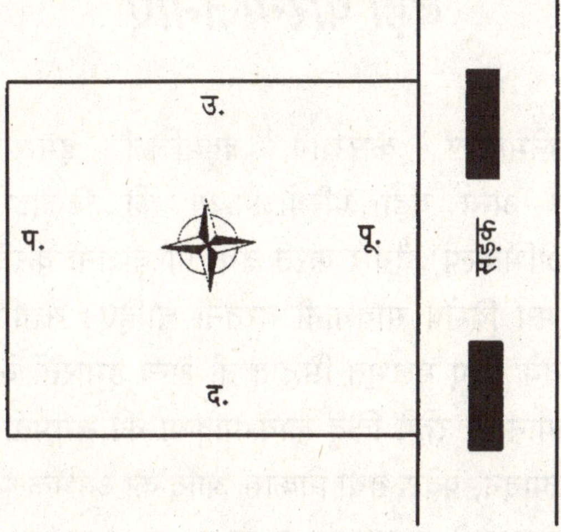

कारखाने, सिनेमाहॉल तथा बड़ी परियोजनाएं

सिनेमाहॉल, कारखाने, बहुमंजिली इमारतें या अन्य बड़ी परियोजनाओं की डिजाइन (अभिकल्प) तैयार करते तथा परियोजना करते समय विशेष सावधानी बरतनी चाहिए। यद्यपि इनके लिए मूलभूत सिद्धांत तो अन्य इमारतों के समान ही रहेंगे किंतु कार्य-प्रक्रिया की सुगमता, उत्पादन, प्रवेश तथा निकास आदि का अभिकल्प (डिजाइन) सावधानी से तैयार करना चाहिए। ये निर्माण जटिलतापूर्ण होते हैं और इनमें नाना प्रकार की गतिविधियां होनी होती हैं, इसलिए प्रश्नों का सही समाधान प्राप्त करने के लिए आवश्यकता पर आधारित वास्तु-शास्त्र का प्रयोग करना अपेक्षित है।

पहले से निर्मित या खाली ऐसी संपत्ति मिलना बहुत कठिन है जो वास्तु-शास्त्रीय दृष्टि से शत-प्रतिशत उत्तम हो। वास्तु-शास्त्र के आधार भूत सिद्धांतों को ध्यान में रखकर ऐसी संपत्ति की खोज की जा सकती है, जो वास्तु-शास्त्र की बुनियादी मान्यताओं के अनुरूप हो और लाभप्रद परिणाम प्राप्त करने के लिए उसमें उपयुक्त परिवर्तन किए जा सकते हैं। अपने कार्यालय, घर या कारखाने की निर्मित इमारत में केवल इस पुस्तक को पढ़कर परिवर्तन कराने के लिए तैयार नहीं हो जाना चाहिए। इमारत में बड़े पैमाने पर परिवर्तन कराना ठीक ऐसा है जैसा मानव शरीर की शल्य-क्रिया कराना। कोई भी व्यक्ति शल्य चिकित्सा तभी कराता है, जब समस्या जटिल हो और रोग-विशेषज्ञ ने इसका परामर्श दिया हो। घर या कार्यालय में बैठने-बैठाने या सामान रखने आदि का साधारण-सा परिवर्तन करके भी वास्तु-शास्त्र के अनुकूल परिणाम प्राप्त करना संभव है।

आगामी पृष्ठों पर वास्तु-मूल्यांकन की प्रश्नावली से आपको विद्यमान निर्मित इमारत या संपत्ति का वास्तु-मूल्यांकन करने में सहायता प्राप्त होगी।

विद्यमान इमारतों अथवा संपत्ति का वास्तु-मूल्यांकन कैसे करें ?

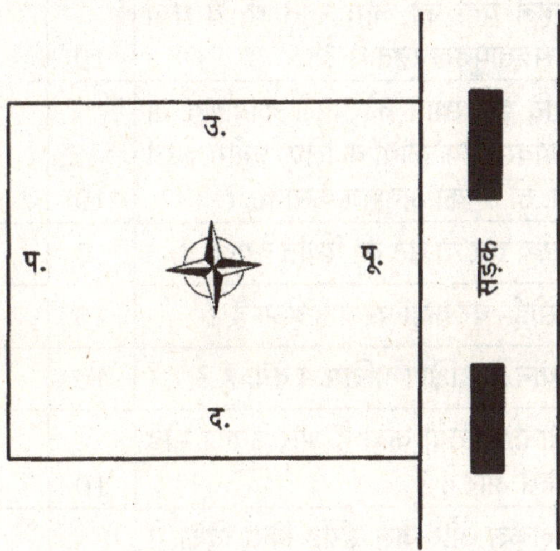

विद्यमान संपत्तियों का वास्तु-मूल्यांकन प्रपत्र

	प्रश्न	अंक	प्राप्तांक
1.	स्थान के विषय में आप स्वयं कैसा अनुभव करते हैं ?	10	
2.	क्या कोई अस्वभाविक मृत्युएं हुई हैं ?	10	
3.	पहले यहां जो लोग रहते थे, वे क्या प्रसन्नतापूर्वक रहते थे ?	10	
4.	यदि इस स्थान को पहले कार्यालय या व्यावसायिक कार्यों के लिए प्रयोग करते थे, तो उनका अनुभव कैसा था ?	10	
5.	मुख्य द्वार या गेट की स्थिति क्या हैं ?	10	
6.	रसोई- घर कहां पर बना हुआ हैं ?	10	
7.	स्थान के दक्षिण-पश्चिम में क्या हैं ?	10	
8.	जीना/सीढ़ियां कहां हैं और उनका मोड़ किस ओर हैं ?	10	
9.	नलकूल और जल-संग्रह किस दिशा में किया गया हैं ?	10	
10.	आस-पास का वातावरण क्या हैं?	10	
	योग	**100**	

1. स्थान के विषय में व्यक्तिगत अनुभव कैसा है?

सूक्ष्म तंरगें कैसी हैं?	अंक
क्या आपको अनुकूल सूक्ष्म तरंगें प्राप्त होती हैं?	8-10
क्या आपको अच्छी सूक्ष्म तरंगें प्राप्त होती हैं?	5-7
क्या आपको औसत सूक्ष्य तरंगें मिलती हैं?	3-4

2. क्या कोई अस्वाभाविक मृत्युएं हुई हैं?

उत्तर	अंक
हां	3
नहीं	4-10

3. पहले रहने वाले लोग प्रसन्न थे अथवा अप्रसन्न?

उत्तर	अंक
प्रसन्न	10
स्वस्थ्य	9
ईमानदार	8
मित्रतापूर्ण	7
सम्मिलित	6
नाखुश	5
रोगी	4
झगड़ालू	3

4. कार्यालय या व्यवसाय-स्थान के पूर्ववर्ती मालिक का कारोबार कैसा चलता था?

स्थिति	अंक
अत्यंत अच्छा	10
समृद्ध	9
धीरे-धीरे बढ़ा	8
औसत	7
मुश्किल से	6
कर्जे में था	5
मुकदमे बाजी थी?	4
विफल रहा?	3

5. सामने के दरवाजे या मुख्य द्वार की स्थिति क्या है?

स्थिति	अंक
उत्तर-पूर्व	10
उत्तर	9
पूर्व	8
उत्तर-पश्चिम	7
पश्चिम	6
दक्षिण-पूर्व	5
दक्षिण	4
दक्षिण-पश्चिम	3

उक्त वास्तु-मूल्यांकन में इस बात से थोड़ा-सा अंतर आ सकता है कि वह इमारत आवासीय कार्यों में प्रयुक्त होती है, अथवा व्यावसायिक कार्यों के लिए। यदि व्यावसायिक कार्यों के लिए प्रयुक्त होती है तो वहां किस प्रकार का कारोबार होता है।

6. रसोई-घर की स्थिति क्या है?

स्थिति	अंक
दक्षिण-पूर्व	10
उत्तर-पश्चिम	9
दक्षिण	8
पूर्व	7
पश्चिम	6
उत्तर	5
उत्तर-पूर्व	4
दक्षिण-पश्चिम	3

कार्यालय तथा निवास के अनुरूप इस वास्तु-मूल्यांकन में थोड़ा-सा अंतर आ सकता है।

7. दक्षिण-पश्चिम दिशा में क्या है?

व्यावसायिक स्थान के लिए

स्थिति	अंक
मुख्य कार्यपालक अधिकारी का कार्यालय	10
भंडारण	9
कार्मिक विभाग	8
बिक्री विभाग	7
कंप्यूटर	6
सभागार	5
एकाउंट्स विभाग	4
शौचालय	3

यह वास्तु-मूल्यांकन बहुत प्रकार की इमारतों को ध्यान में रखकर बनाया गया है।

आवासीय स्थान के लिए

कमरा	अंक
मुख्य शयन-कक्ष	10
भंडार-गृह	9
बैठक या भोजन-कक्ष	8
बच्चों का कमरा	7
अतिथि-गृह	6
नौकरों के कमरे/गैरेज	5
रसोई	4
शौचालय	3

8. आवासीय तथा व्यावसायिक इमारतों की सीढ़ियां/जीना

जीना की स्थिति	अंक
दक्षिण-पश्चिम में बायीं ओर से दाहिनी ओर घूमने वाला	10
दक्षिण-पश्चिम में दाहिनी ओर से बायीं ओर घूमने वाला	9
दक्षिण में बायीं ओर से दाहिनी ओर घूमने वाला	8
दक्षिण में दाहिनी ओर से बायीं ओर घूमने वाला	7
पश्चिम में बायीं ओर से दाहिनी ओर घूमने वाला	5
पश्चिम में दाहिनी ओर से बायीं ओर घूमने वाला	5
उत्तर-पश्चिम या दक्षिण-पूर्व दिशा में	4
उत्तर/पूर्व/उत्तर-पूर्व दिशा में	3

9. नलकूप/भू-गर्भीय पानी का टैंक
(व्यावसायिक तथा आवासीय
दोनों प्रकार की इमारतों के लिए)

स्थिति	अंक
उत्तर-पूर्व	10
उत्तर	9
पूर्व	8
उत्तर-पश्चिम	7
पश्चिम	6
दक्षिण	5
दक्षिण-पूर्व	4
दक्षिण-पश्चिम	3

10. आस-पास क्या है?

आस – पास	अंक
दक्षिण-पश्चिम की अपेक्षा उत्तर-पूर्व में अधिक खुली जगह	10
उत्तर-पूर्व कोई स्वाभाविक ढलान	9
दक्षिण-पश्चिम में कोई ऊंचान	8
अच्छी निर्माण सामग्री का प्रयोग	7
अच्छे पड़ौसी	6
किसी सार्वजनिक स्थान से अत्यधिक नजदीकी	5
सामने का खुशगवार दृश्य, अच्छा सामान	4
आपके प्लाट की अपेक्षा पड़ौस में अधिक महंगी जगह	3

श्रेष्ठता वर्गीकरण

प्राप्तांक	श्रेणी
100	अत्यधिक अच्छा
80-99	बहुत अच्छा
51-79	अच्छा
50 तक	औसत

वास्तु ध्यान-साधना

वास्तु-शास्त्र प्राचीन रहस्यमय विज्ञान है, जैसे शरीर और आत्मा होते हैं। हम अपने शरीर को अपनी आत्मा की अपेक्षा अधिक सरलता से समझ लेते हैं क्योंकि शरीर भौतिक रूपाकार है किन्तु आत्मा अदृष्ट होती है। इसी प्रकार वास्तु के नियमों अथवा उसके स्थूल पक्षों को सरलता से जाना-समझा जा सकता है किन्तु ये तत्त्व किस प्रकार क्रियारत होते हैं, यह इतनी सहजता से समझ में नहीं आता।

वास्तु का जीवन पर क्या प्रभाव पड़ता है, इसे समझने की दृष्टि से हम जीवन की तुलना टेलीविजन सैट से कर सकते हैं। कभी-कभी टेलीविजन का एन्टीना रिले स्टेशन की ठीक सीध में नहीं रह जाता जिसके कारण टेलीविजन पर चित्र साफ-चमकीला दिखाई नहीं देता। दृश्यों की आकृति बिगड़ जाती है अथवा आवाज साफ नहीं आती इसी प्रकार जीवन में हमारी अपनी वास्तविक प्रकृति और अपने आसपास की प्रकृति से हमारा सही ताल-मेल नहीं हो पाता। उस अवस्था में हम अपने अन्तर्जगत में प्रकृतिस्थ नहीं हो पाते और हमारे भौतिक जगत् में स्वास्थ्य, धन-संपदा या कारोबार आदि में जो कुछ हो रहा होता है, उससे शांति का अनुभव नहीं करते हैं। हमारा अपना चित्र धुंधला जाता है और हमें भी अपेक्षित परिणाम प्राप्त करने के लिए अपने एन्टीना को समरस बनाना पड़ता है।

एंटीना में समरसता लाने में वास्तु-शास्त्र सहायता करता है जिससे टी.वी. चलाने पर रंग-भेद साफ हो और चित्र चमकते हुए दिखें। हमारे अपने जीवन की समरसता और प्रचुरता में आए अवरोधों को दूर करने में वास्तु सहायक होता है। अपने चित्त की प्रकृति से एकरस होने के लिए आवश्यक है कि हमारे अंतर्जगत में संतुलन हो, स्पष्ट दूरंदेशी हो

और दृढ़ इच्छा-शक्ति हो। इसके लिए सर्वाधिक प्रभावकारी शक्तिशाली और उपयोगी साधन है ध्यान-साधना। ध्यान-साधना वह शक्ति और ऊर्जा का शाश्वत स्रोत होता है जिसे हम अपने मनोजगत में अर्जित करते हैं। ध्यान-साधना से हमारी अन्तर्ज्ञान शक्ति और बुद्धिमत्ता कुशाग्र होती है।

वास्तु ध्यान-साधना का उद्देश्य पांच सार्वभौम तत्त्वों-पृथ्वी, जल, अग्नि, वायु और आकाश को अपने आभ्यंतर में शक्ति संपन्न और संतुलित बनाना होता है। इन पंच महाभूतों से ही इस सृष्टि की रचना हुई है, यह हम सब जानते हैं। इन तत्त्वों को अपने अन्तर्जगत में संतुलित करने और अपने भीतर समरसता जगाने से ही हम उस बाह्य समरसता के साथ समस्वर हो सकते हैं जिन्हें वास्तु हमारे घरों और काम करने के स्थान पर पैदा करता है। इस वास्तु ध्यान-साधना से हम अपने चित्त में संतुलन ला सकते हैं। हम मन, शरीर और आत्मा को पांचों सार्वभौम तत्त्वों, अपने पर्यावरण, अपने आस-पास के वातावरण और वास्तु के प्रकृत नियमों से समरस कर सकते हैं। इस प्राचीन विज्ञान द्वारा हम पृथ्वी, अग्नि, जल, वायु और आकाश तत्त्वों को विशिष्ट क्षेत्रों से प्राप्त कर सकते हैं और इस प्रकार पूर्ण शांतिमयता और प्रचुरता का लाभ उठा सकते हैं।

तो आप सहज ही प्रश्न कर सकते हैं कि वास्तु ध्यान-साधना से पृथ्वी, जल, अग्नि, वायु तथा आकाश तत्त्वों को किस प्रकार अपने अंदर संतुलित कर सकते हैं ? इसका उत्तर हमारे सूक्ष्म शरीर के उन पांच प्रमुख चक्रों से मिल सकता है जो पांच तत्त्वों के प्रतिनिधि हैं। नीचे के पांच चक्र-मूलाधार, स्वाधिष्ठान, मणिपूर, अनाहत और विशुद्ध चक्र पांचों सार्वभौम तत्त्वों से सम्बद्ध हैं। मूलाधार चक्र पृथ्वी का, स्वाधिष्ठान जल का, मणिपूर अग्नि का, अनाहत वायु का और विशुद्ध चक्र आकाश का प्रतिनिधि है। आज्ञा चक्र हमारी अंतःसचेतना है जिसे तीसरा नेत्र भी कहतें हैं। सहस्रार चक्र से हम आदि ऊर्जा-स्रोत को जगा सकते हैं, जो इन चक्रों के माध्यम से स्वयं को अभिव्यक्त करती है।

इस ध्यान-साधना के लिए तैयार होते समय पहले एक निश्चित समय चुन लेना चाहिए। प्रातःकाल का समय इसके लिए सर्वोत्तम होता है। कोई ऐसा अन्य समय भी चुना जा सकता है, जब आप कम-से-कम

आधे घंटे तक निर्विघ्न होकर बैठ सकें। ध्यान-साधना के समय सुगंधित अगरबत्ती जला लें और तेज रोशनी तथा अप्राकृतिक चमक से बचे रहें। आप साफ-सुथरी चटाई या कम्बल बिछाकर पीठ के बल चित्त लेट जाएं। यदि यह असुविधाजनक हो तो पाल्थी मारकर या पद्मासन या सिद्धासन पर बैठ जाएं। इस आसन में आपकी पीठ और सिर सीधे रहे अर्थात् रीढ़ की हड्डी सीधी हो।

यदि लेटे हों तो पीठ-के बल लेटें, आपकी दोनों टांगें एक-दूसरी से अलग-अलग हों, दोनों बाहें बाजुओं में हों और हथेलियां ऊपर की ओर हों। यदि बैठें तो रीढ़ की हड्डी सीधी हो। आपके शरीर में कोई तनाव न हो और स्थिर तथा शांत भाव से बैठें। पहले प्राणायाम करें। श्वास खींचते समय पूरक प्राणायाम में शांतिभाव को अंदर ले जाएं और श्वास छोड़ते समय सभी चिन्ताओं को बाहर निकाल फेंकें। प्राणायाम में श्वास नाभि तक जानी चाहिए। अपने शरीर के प्रत्येक अंग में शांति का अनुभव करें क्योंकि आपने चिन्ताओं का रेचन कर दिया है। शांत चित्त से शांति को मन में लाएं और प्रत्येक श्वास के साथ चिन्ताओं को बाहर फेंकें। तीन बार ॐ का उच्चारण करें।

अब अपने सिर के ऊपर स्वर्णिम ज्योति की भावना करें और अनुभव करें कि वह ज्योति धीरे-धीरे आपकी ओर आ रही है, वह आपके सिर को छू रही है और उसका स्पंदन आप में हो रहा है। उस प्रकाश को अपने सहस्रार चक्र में लाएं। इस चक्र की धारणा करें, जो बैंगनी रंग का है और बायें से दायीं ओर तथा दायें से बायीं ओर समान गति के साथ घूम रहा है जैसे आपकी हाथ घड़ी का बैलेंस ह्वील घूमता है। उस चक्र की विद्यमानता अनुभव करें और समझें कि वह चक्र वहां पर कार्यरत है।

अब धीरे-धीरे उस ज्योति को आज्ञाचक्र में लायें। इस गहरे नीले रंग के चक्र की धारणा करें जो बायें से दायीं ओर और दायें से बायीं ओर बड़ी सुरम्य गति से चल रहा है। अपने आज्ञाचक्र की विद्यमानता अनुभव करें। उस समय अगर कोई अवांछित या नकारात्मक विचार आएं तो अनुभव कीजिए कि वे भूरे बादल के समान आकाश की ओर जाकर समाप्त हो रहे हैं। यह अनुभव कीजिए कि यह चक्र हल्का और देदीप्यमान

होता जा रहा है। प्राणायाम के द्वारा उस चक्र की गति को नियंत्रित कीजिए। जब श्वास भीतर खींचें तो बायीं ओर के नासापुट से और जब निकालें तो दायीं ओर के नासापुट से।

अब उस प्रकाश को और नीचे विशुद्ध चक्र में आने दें। हल्के नीले रंग के विशुद्ध चक्र की धारणा कीजिए जो बायें से दायीं ओर तथा दायें से बायीं ओर लयबद्ध गति से घूम रहा है। इस चक्र को अनुभव कीजिए। यदि आपके मन में कोई नकारात्मक भाव या विचार आते हैं तो ध्यान करें कि वे विचार या भाव बादलों के रूप में विशुद्ध चक्र से निकलकर आकाश में अदृश्य हो रहे हैं। उनकी ओर न तो ध्यान दें और न उनका विश्लेषण करें। केवल प्रेम और निष्ठापूर्वक ध्यान करें एवं अनुभव करें कि यह चक्र हल्का तथा प्रकाशवान होता जा रहा है। प्राणायाम द्वारा उस चक्र की गतिशीलता को नियंत्रित करें । नासिका के वामभाग से पूरक श्वास खींचें और दक्षिण भाग से श्वास का रेचन करें।

अब प्रकाश को अनाहत चक्र तक आने दें। अब भावना करें कि यह चक्र हरित रंग का है जो बायीं से दाहिनी ओर और दायीं से बायीं ओर लयबद्ध गति से चल रहा है। इस चक्र की अनुभूति करें। यदि आपको कुछ नकारात्मक विचार या भावनाएं दिखें तो यह भावना करें कि वे चक्र से मटमैले बादल के रूप में निकलकर आकाश में विलीन हो रही हैं। यह ध्यान करें कि चक्र अधिक प्रकाशवान तथा हल्का होता जा रहा है। प्राणायाम प्रक्रिया द्वारा उस चक्र की गतिमयता का नियंत्रण करें।

अब प्रकाश को अपने मणिपूर चक्र में आने दें। पीले रंग के इस चक्र की भावना करें जो बायीं से दायीं ओर और दाहिनी ओर से बायीं ओर लयबद्ध गति से चल रहा है। अब इस चक्र की विद्यमानता की अनुभूति करें। इस अवसर पर किसी प्रकार के भाव, धारणाएं या विचार उठ रहे हैं तो उनको समझें । अगर विचार या भाव नकारात्मक हैं तो उन्हें अश्वेत बादलों के रूप में चक्र से निकलकर आकाश में विलीन हो जाने दें। यह अनुभव करें कि चक्र प्रकाशवान और हल्का होता जा रहा है। प्राणायाम क्रिया के माध्यम से चक्र की गतिमयता को नियंत्रित करें।

अब इस प्रकाश-ज्योति को और नीचे, अपने स्वाधिष्ठान चक्र तक

आने दो। वहां नारंगी रंग में चक्र का आभास करो जो लयबद्ध गति से बायीं से दायीं ओर और दायीं ओर से बायीं ओर घूम रहा है। अब इस चक्र को अनुभव करो। अपने मन और विचारों पर ध्यान दो। केवल ध्यान मात्र दो। अगर आपको कुछ नकारात्मक विचार अथवा भाव दिखें तो उन्हें अश्वेत बादलों के रूप में चक्र से निकलकर आकाश में विलीन होने दो। यह अनुभव करो कि चक्र अधिक प्रकाशपूर्ण और हल्का होता, जा रहा है। प्राणायाम के माध्यम से चक्र की गतिशीलता को नियंत्रित करो।

अब अन्त में उस प्रकाश ज्योति को अपने मूलाधार चक्र में आने का ध्यान करें। रक्तवर्णी यह चक्र बायीं ओर से दाहिनी। ओर तथा दायीं ओर से बायीं ओर पूर्ण लयबद्धता के साथ गतिशील है, इसका अनुभव करें। यदि आपको कोई नकारात्मक विचार या भावनाएं दिखें, तो उन्हें अश्वेत बादलों के रूप में चक्र को छोड़कर जाते और आकाश में अदृश्य होते देखें। चक्र को अधिक प्रकाशयुक्त तथा भारहीन होता अनुभंव करें। प्राणायाम के द्वारा चक्र की. गतिशीलता को नियंत्रित करें।

अब यह सोचें कि सभी सातों चक्र बायीं ओर से दायीं ओर और दायीं ओर से बायीं ओर घूम रहे हैं। इन्द्रधनुषी रंगों को देखें, इन्द्रधनुष के स्पर्श का अनुभव करें और स्वयं को प्रकृति का एक अंग समझें । प्रकृत-लयबद्धता के साथ समूची सृष्टि के साथ शान्ति और समरसता के साथ स्वयं को गतिशील अनुभव करें। आपके सभी चक्र संतुलित हैं और आपके पांचों प्राकृतिक तत्त्व पूर्ण समस्वरता के साथ आपके शरीर में कार्य कर रहे हैं।

आपके समस्त नकारात्मक विचार तथा भावनाएं सकारात्मक या विधायक रूप ले चुकी हैं। आपमें एक ताजगी और नव-शक्ति का उन्मेष हो गया है। यह अनुभव करें जैसे जीवन का अभी समारंभ हुआ है। इस अवस्था में कुछ समय तक स्वयं को अवस्थित रखें।

अब धीरे-धीरे कमरे की विद्यमानता के प्रति सजग होएं। कुछ गहरी श्वासें लें और अनुभव करें कि आपका शरीर कमरे के फर्श या बिस्तर पर लेटा है। धीरे-धीरे अपनी उंगलियों, अपनी कलाइयों, घुटनों और पैरों की उंगलियों को संचालित करें। दाहिनी ओर को करवट लें और अपनी आंखें खोलें। इस प्रकार आपकी वास्तु ध्यान-साधना पूर्ण होती है।

भौतिक तत्वों के असंतुलन के प्रभाव

हमारे आस-पास के वातावरण में भौतिक तत्त्वों के असंतुलन का प्रभाव कुछ इस प्रकार का होता है-

पृथ्वी तत्व–यह तत्त्व व्यक्ति के जीवन संबंधी प्रश्नों से जुड़ा होता है। यदि पृथ्वी तत्त्व में असंतुलन हो जैसे दक्षिण-पश्चिम में निचली जगह या पानी स्रोत वहां हो या दक्षिणी-पश्चिमी कोना कटा हो तो इससे व्यापार, आपके अपने स्वास्थ्य या परिवार पर आपका नियंत्रण समाप्त होता है।

जल तत्त्व–जल तत्त्व नव-सृजन का प्रतिनिधित्व करता है। उत्तर-पूर्व का भाग यदि उठा हुआ हो अथवा वहां ऊष्मा का कोई स्रोत हो या उत्तर-पूर्वी भाग कटा हुआ हो तो इससे कारोबार तथा परिवार की वृद्धि अवरुद्ध होती है।

अग्नि तत्त्व–अग्नि-तत्त्व दूरदर्शिता और प्रसिद्धि से जुड़ा होता है। यदि दक्षिण-पूर्व में कुछ निचान हो, या दक्षिण-पूर्व में जल का स्रोत हो तो इससे समृद्धि अवरुद्ध होती है और व्यापार तथा परिवार में बदनामी मिलती है। इससे संघर्ष भी हो सकते हैं।

वायु तत्व–इस तत्त्व का सम्बन्ध भावनाओं से होता है। अगर उत्तर-पश्चिम में जलस्रोत हो या उत्तर-पूर्व की अपेक्षा उत्तर-पश्चिम में अधिक निचान हो अथवा उत्तर-पश्चिम का भाग उत्तर-पूर्व की ओर

अधिक उठा हो तो इससे लोगों की भावनाएं आपकी वस्तुओं और आपकी सेवाओं की तरफ से अवरुद्ध होंगी तथा आपका खर्च बढ़ेगा।

आकाश तत्त्व–आकाश-तत्व आपकी आंतरिक शक्ति से सम्बद्ध है। यदि आपके घर, दफ्तर या कारखाने में बीचोंबीच में ढलान हो या जल-स्त्रोत हो या कोई चीज रखी हुई हो तो इससे आपकी आत्मशक्ति में कमी आ सकती है और आपको धन-हानि हो सकती है।

उद्योगों और निर्यातकों के लिए वास्तु

कोई उद्योग स्थापित करने से पहले आपको ऐसी वस्तु का निर्माण-कार्य चुनना चाहिए जिसकी वर्तमान में खासी मांग हो और भविष्य में भी मांग रहने की संभावना हो। उत्पादित वस्तु का मूल्य निर्धारित करते समय सामान्यतः उत्पादन लागत, उत्पादन कर, करों, परिवहन लागत तथा सरकार से मिलने वाली सहायता (सब्सिडी) आदि को ध्यान में रख़ना होता है।

इसके अलावा, स्मरण रखने वाली बात यह भी है कि अपने कर्मचारियों को किस प्रकार प्रसन्न रखा जाए। आपके पास सर्वोत्तम मशीनें हो सकती हैं, लेकिन उन मशीनों से काम करने वाला व्यक्ति यदि मानसिक और शारीरिक रूप से सर्वोत्तम कारीगरी दिखाने की स्थिति में न हो तो सर्वोत्तम वस्तु का निर्माण नहीं हो पाता।

इसलिए प्रत्येक कर्मचारी के लिए यह आवश्यक है कि वह कुछ समय स्वयं अपने साथ बिताये। आमतौर पर कर्मचारी वर्ग मानसिक विकास की दृष्टि से सबसे उपेक्षित होता है। वे मशीनों के विषय में बहुत अच्छा ज्ञान रखते हैं लेकिन उन्हें अपने मन-चित्त को कुछ और अधिक समझने की आवश्यकता होती है। उनके लिए काम करने की अवस्थाएं पूरी तरह स्वास्थ्यवर्द्धक होनी चाहिए। काम करते समय कुछ गाना चलता रहे और दिन में उन्हें पंद्रह मिनट की ध्यान-साधना का अवसर मिलना चाहिए। इस संदर्भ में वास्तु ध्यान-साधना बहुत अधिक

सहायक होती है। प्रत्येक कर्मचारी को दिन में कभी भी पांच मिनट तक प्राणायाम करना चाहिए। वह प्राणायाम-क्रिया काम करते हुए भी इस प्रकार कर सकते हैं–

श्वास भीतर खींचिए (पूरक)	गिनिए	1, 2, 3, 4
श्वास रोकिए (कुंभक)	गिनिए	1, 2, 3, 4
श्वास छोड़िए (रेचक)	गिनिए	1, 2, 3, 4
श्वास रोकिए (बाह्यकुंभक)	गिनिए	1, 2, 3, 4

यह सरल प्राणायाम पांच मिनट के लिए किया जा सकता है। इस प्राणायाम से व्यक्ति में स्वयं अपने तथा औरों के प्रति सकारात्मक भावनाएं विकसित करने में सहायता मिलती है।

ऊर्जाओं का वस्तुगत प्रवाह भी धातु की वस्तुओं का प्रवाह दक्षिण से उत्तर की ओर और अन्य धातुहीन वस्तुओं का उत्पादन प्रवाह पश्चिम से पूर्व की ओर रखकर समरस बनाया जा सकता है।

मूल्यांकन अभ्यास

आगे के पृष्ठों पर दिए गए दस प्रश्नों के उत्तर के रूप में अपने आंकलन की अंक संख्या उस प्रश्न के आगे लिख दें। उसे उपलब्ध अंक प्रपत्र पर चढ़ा लें। अंकों को जोड़ लें। उपलंब्ध अंकों की व्याख्या और उसमें सुधार के सुझाव इस पुस्तक-खंड के अन्त में दिए गए हैं।

मूल्यांकन प्रपत्र

उद्योगों और निर्यातकों के लिए

	प्रश्न	पूर्णांक	प्राप्तांक
1.	मुख्य द्वार किस दिशा में है ?	10	
2.	उत्पादन कक्ष किस दिशा में है ?	10	
3.	गुणवत्ता नियंत्रक कक्ष किस दिशा में है?	10	
4.	जल स्रोत की स्थिति क्या है?	10	

	प्रश्न	पूर्णांक	प्राप्तांक
5.	ऊष्पा के स्रोत (जैसे बायलर, जैनरेटर, कम्प्रैसर) की स्थिति क्या है?	10	
6.	तैयार माल कहां रखा जाता है?	10	
7.	कच्चा माल कहां रखा जाता है ?	10	
8.	प्रमुख अधिकारी और उत्पादन मैनेजर किस दिशा में बैठते हैं ?	10	
9.	क्या कहीं कोई नीची जगह है ?	10	
10.	क्या कहीं कोई जगह ऊंची उठी हुई है ?	10	
	योग	**100**	

1. मुख्य द्वार की दिशा

दिशा	प्राप्तांक
उत्तर-पूर्व	10
पूर्व	9
उत्तर	8
उत्तर-पश्चिम	7
दक्षिण-पूर्व	6
पश्चिम	5
दक्षिण	4
दक्षिण-पश्चिम	3

2. उत्पादन कक्ष की दिशा

दिशा	प्राप्तांक
दक्षिण-पश्चिम	10
दक्षिण	9
पश्चिम	8
उत्तर-पश्चिम	7
दक्षिण-पूर्व	6
उत्तर	5
पूर्व	4
उत्तर-पूर्व	3

3. गुणवत्ता नियंत्रण-कक्ष की दिशा (उत्पादन-कक्ष की दृष्टि से)

दिशा	प्राप्तांक
पूर्व	10
उत्तर	9
उत्तर-पूर्व	8
उत्तर-पश्चिम	7
दक्षिण-पूर्व	6
पश्चिम	5
दक्षिण	4
दक्षिण-पश्चिम	3

4. जलस्रोत (जमीन के नीचे टेंक/ट्यूबबैल की स्थिति)

दिशा	प्राप्तांक
उत्तर-पूर्व	10
उत्तर	9
पूर्व	8
उत्तर-पश्चिम	7
पश्चिम	6
दक्षिण	5
दक्षिण-पूर्व	4
दक्षिण-पश्चिम	3

5. ऊष्मा-स्रोत की स्थिति

दिशा	प्राप्तांक
दक्षिण-पूर्व	10
उत्तर-पश्चिम	9
दक्षिण	8
पूर्व	7
पश्चिम	6
उत्तर	5
उत्तर-पूर्व	4
दक्षिण-पश्चिम	3

6. तैयार माल कहां रखा जाता है ?

दिशा	प्राप्तांक
उत्तर-पश्चिम	10
पश्चिम	9
दक्षिण-पश्चिम	8
दक्षिण	7
दक्षिण-पूर्व	6
पूर्व	5
उत्तर	4
उत्तर-पूर्व	3

7. कच्चा माल कहां रखा जाता है ?

दिशा	प्राप्तांक
दक्षिण-पश्चिम	10
दक्षिण	9
पश्चिम	8
उत्तर-पश्चिम	7
दक्षिण-पूर्व	6
उत्तर	5
पूर्व	4
उत्तर-पूर्व	3

8. प्रमुख अधिकारी और उत्पादन मैनेजर का मुंह अपनी मेज पर बैठते समय किस दिशा में होता है (प्लॉट के दक्षिण-पश्चिमी भाग में रहे तो अच्छा)

दिशा	प्राप्तांक
पूर्व	10
उत्तर-पूर्व	9
उत्तर	8
दक्षिण-पूर्व	7
उत्तर-पश्चिम	6
दक्षिण	5
पश्चिम	4
दक्षिण-पश्चिम	3

9. क्या कहीं गड्ढेवाली जगह है ?

दिशा	प्राप्तांक
उत्तर-पूर्व	10
उत्तर	9
पूर्व	8
सभी जगह समतल है	7
उत्तर-पश्चिम	6
दक्षिण	5
पश्चिम	4
दक्षिण-पूर्व/दक्षिण-पश्चिम	3

अगर जमीन उत्तर-पश्चिमी, दक्षिण-पश्चिमी और दक्षिणी-पूर्वी भाग में नीची हो तो उसे जितनी जल्दी संभव हो, भरवा देना चाहिए।

10. क्या कहीं जगह बीच में ऊंची है ?

दिशा	प्राप्तांक
दक्षिण-पश्चिम	10
दक्षिण	9
पश्चिम	8
दक्षिण-पूर्व	7
उत्तर-पश्चिम	6
उत्तर	5
पूर्व	4
उत्तर-पूर्व	3

उत्तर-पश्चिमी भाग में जमीन दक्षिण-पूर्व की अपेक्षा अधिक उठी नहीं होनी चाहिए। इसी प्रकार दक्षिण-पूर्व में जमीन दक्षिणी-पश्चिमी भाग से ऊंची नहीं होनी चाहिए। उत्तर, पूर्व या उत्तर-पूर्व दिशा में यदि जमीन उठी हुई हो तो उसे जल्दी से जल्दी समतल करा देना चाहिएं।

मूल्यांकन

प्राप्तांक	परिणाम
100	सर्वोत्तम
80-99	बहुत अच्छा
51-79	अच्छा
50 तक	औसत

सुझाव

चौकीदार पूर्व या उत्तर की ओर मुंह करके बैठे, दक्षिण या पश्चिम की ओर नहीं। निर्माण-कार्य में वस्तुओं को संचलन बायीं ओर से दाहिनी ओर को हो, दाहिनी ओर से बायीं ओर की तरफ न हो।

कारखाने या दफ्तर में ही पूजागृह उत्तर-पूर्व की दिशा में हो तो शुभ होता है। कर्मचारियों की कैन्टीन में गायन अथवा वाद्यसंगीत की सुमधुर ध्वनि आती रहनी चाहिए।

सिफारिशें

1. अगर आपको कर्मचारी यूनियन की समस्याओं का सामना करना पड़ रहा है तो दक्षिणी-पश्चिम भाग (पृथ्वी) की अवस्थाओं की तरफ ध्यान दें।
2. यदि आपको वित्तीय समस्याओं का सामना करना पड़ रहा है तो उत्तर-पूर्व (जल-तत्त्व) की गतिविधियों की तरफ ध्यान दें।
3. यदि आप मुकदमेबाजी में फंसे हैं तो दक्षिणी-पूर्वी भाग (अग्नि-तत्त्व) की गतिविधियों की ओर ध्यान दीजिए।
4. यदि आपका बनाया हुआ माल बिक नहीं रहा है तो उत्तर-पश्चिमी भाग में गतिविधियों (वायुतत्त्व) की ओर ध्यान दीजिए।
5. यदि आपके सामने दीवालियेपन की स्थिति आ रही है तो केन्द्रीय भाग (आकाश तत्त्व) की गतिविधियों की ओर ध्यान दीजिए।

सावधानी

किसी भी इमारत के वास्तु-मूल्यांकन अभ्यास में अनुकूल या प्रतिकूल प्राप्तांकों को देखकर एक पक्षीय दृष्टि से जल्दबाजी में कोई निष्कर्ष निकालने के विरुद्ध पाठकों को सावधान किया जाता है। अन्य पक्षों के प्रभाव के कारण कम या अधिक प्राप्तांकों की कोई सार्थकता नहीं रह जाती । सभी पक्षों का सम्यक् विचार करने के पश्चा ही निष्कर्ष निकालने चाहिए। कोई भी प्राप्तांक प्रपत्र पाठकों को भयभीत करने के उद्देश्य से नहीं दिया गया है। वास्तु-मूल्यांकन अभ्यास केवल पाठकों को जानकारी कराने तथा वास्तु-शास्त्र के विभिन्न पक्षों को प्रकाशित करने के उद्देश्य से ही दिए गए हैं।

ऊर्जा-चक्र

ऊर्जा-चक्र वास्तु-शास्त्र, पिरामिड विज्ञान और फैंग शुई के मूलभूत सिद्धांतों पर आधारित है। चुंबकीय धुरी की अनुकूल दिशा में होने और मर्मस्थलों पर अवस्थित होने की दिशा में उस स्थान की सूक्ष्म तरंगों में वृद्धि होती है जिससे स्थान ओजपूर्ण बन जाता है। बहुत से स्थानों पर यह प्रक्रिया संतोषजनक ढंग से कार्य कर रही है। यह सफलता का निरीक्षित-परीक्षित मार्ग है।

निष्कर्ष

वास्तु-शास्त्रीय अनुकूल परिणामों की प्राप्ति में लगने वाला समय अलग-अलग व्यक्तियों के लिए अलग-अलग होता है और यह इस तथ्य पर भी निर्भर करता है कि किस बुनियादी समस्या का समाधान खोजा जा सकता है।

वास्तु-शास्त्रीय दृष्टि से परिवर्तन करने के बाद उसके परिणाम प्राप्त करने का समय इस बात पर भी निर्भर करता है कि संशोधन के कार्य कितनी श्रद्धा एवं विश्वास की भावना से किए गए हैं।

अतः पाठकों को परामर्श दिया जाता है कि वे इस पुस्तक का वास्तु-शास्त्रीय ज्ञान स्वयं हृदयंगम करें।

हरि ॐ तत् सत्

00/02/10/11/SCANSET/SAP/BO/NE